さよなら、
バンドアパート

平井拓郎

文芸社

※この物語はフィクションであり、
実在する人物・団体等とは一切関係ありません。

思ったことを言えばいい、とは思う。
でも力を込めて、覚悟を決めて、
矢面に引きずり出されるかもしれぬと考えて言わないと。
そう思うと言えることは限られる。
言葉にできることは多くない。
「思ったことを言う」の取り扱いはそこまで軽くない。

さよなら、バンドアパート

東京のコンビニ店員はマナーモードになっていることが多い

2012年11月

「バンアパは理想が低い！　サザンを目指せ！」

マネージャーの怒声が赤坂の会議室を揺らした。傲慢、横柄、不遜を恫喝で和えた味のする言葉だった。

体育教師さながらの体躯をしたマネージャーが、僕たち三人に鋭い眼光を向けている。

ホワイトボードには『二〇一三年の目標』と書かれていた。

・四つ打ち連打
・メロディのリフレイン
・KEYTALK、KANA−BOONをもっと聴く
・サビで手を挙げさせる
・MCを効果的に
…etc

罪状書きにも似た文言目掛けて口を開いた。

「こんなん言われて、『はい。分かりました』言うやついませんやん」

僕の巻いた舌が『言われて』の「れて」にかかった。

「それは意識が低すぎるんだよ！　普通はやるんだよ！」

「リスナー舐めてたら、ちゃんとバレますけども」

「一度やってみてから言え！」

「いっぺんやったら、やる前には二度と戻れないんすよ」

「四番煎じぐらいまでなら、まだギリギリウケるんだよ！」

マネージャーは太い腕で机に鉄槌を叩きこんだ。真っ白い会議室の天井、壁、床が感電したように震える。

今朝のミーティング、早々に『目標』を聞かれたので、反射的にthe band apartの名前を挙げた。正解不正解があるらしく、「バンアパ」はこの赤坂の一室では間違いとしてカウントされた。しかしマネージャーは「サザンです」と答えたとしても「そんなんじゃサザンに及ぶわけねぇだろ！」と怒鳴るだろう。

この世にはキレる事前作法として、まず質問をする人種が一定の割合でいる。怒りの引き金に指をかけたままクエスチョンを投げかけてくるのだから最初から銃殺するつもりなのだ。

もちろんサザンはサザンで構わない。ただ、the band apartが好きだった。音楽をやっている以上、何者かでありたい、という感情はあるが、表現に対して嘘をつきたくなかった。僕にとって音楽性に限界を持たないバンアパこそが『表現』の象徴そのものだった。そんなことを議論するのも馬鹿らしかった。二日酔いで軋む頭が痛くなり、口を開くのも億劫になったのでもう黙ることにした。

ドラマーの徹也とベーシストのシンイチロウがマネージャーと何かを話しているが、その声は他人事のように耳をすり抜けて内容まで聞き取れなかった。

徹也とシンイチロウと上京したのは三年前だ。何事も試験というものは、受かるまで受けてみるものである。僕たちのバンドは今年、有名ロックフェス主催のコンテストに優勝した。グランプリに輝いた途端にマネージメント事務所からスカウトが来て、とんとん拍子で所属することになった。少々のお金が入り、利便性の高い私鉄沿線に住めるようにもなった。

二日酔いの悪心、吐き気の原因、記憶を遡ると、昨夜から憂鬱極まりなかったことが思い出される。昨日はゴールデン街で潰れるほど飲んでいたのだった。


「『俺の選ぶ狂人ランキング・ベストテン』の情勢が急変してもうてんねん！」

コップ酒を木のカウンターに叩きつけた。乾いた音が鳴り、酒が小さく波を作る。

「偏ったランキングですなぁ」

その日、初めて会った男が隣でうふうふと笑っていた。黒いフレームのメガネに七三分けが乗っかり、手足はひょろりと細長い。

「あのな、ランキングっていうのはな、票数だけがすべてとちゃうねん。量より質や」

「なるほど。ちなみに『俺の選ぶ狂人ランキング・ベストテン』の情勢が変わったって、どう変わったのですか？　小生にも分かるように教えてください」

「足りへん数字を挙げつらってくる人間がおるやろ?」

「いますねぇ。小生もですねぇ。いつも獲得成績のことで叱られています」

「あいつらは足りてないもん追っかけとんのが、一生懸命な姿勢やと履き違えてんねん。アホやから。でもそんな人間が一定数おる。こいつらがイカレてんねん!」

投げつけるように言うと、半分ほどになった酒を一気に煽った。

「なるほど。理解しましたよ。小生の職場も同じなのでしょうか? よくノルマで叱られますからねぇ」

「知らんがな」

日本酒を自分で注ぎ足し、話を続ける。

「それらを全部破壊でけへんもんか、そこに属してる自分も含めて、気色悪いもん、丸ごと粉微塵にでけへんか、そんな気持ちになることないか? 小生くん」

「怒りをバルーンのごとく膨らませてますなぁ。すぐに冷静になってしまう小生からしたら羨ましくもありますよ」

小生くんはメガネを中指で上げて、うふっと薄笑いを浮かべていた。僕はそれを見て舌打ちした。

新宿歌舞伎町にある小屋同然の店、『ロベリ』には非合法、日陰者と呼ばれる人間がよく出入りしていた。

一階は普段チャージ料二千円のバー営業をしていて、店内は鼻がつかえるほど狭い。一人通れば埋まってしまうほどの階段を昇ると、畳が三畳半敷かれていた。

同性愛者である店のオーナーにやたらと気に入られたのもあって、僕はここを週三回ほど寝ぐらにしていた。タダで酒を飲ませてくれて、現実の位相とは微妙にずれている空間は居心地が良かった。

歌舞伎町という海は水質が特殊なのか、この街でしか泳げない人種が所狭しと充満していた。ホームレス、胡散臭い経営者もどき、フリーター紛いのミュージシャン、漫画家志望のニート、意識だけ高いベンチャー野郎、GLAYを育てたらしい自称音楽関係者、取り分のために『独立』したインディーズ風俗嬢、籍だけ置いている幽霊大学生、何かしらの悪徳業者、裏DVDブローカー、ヤク中、アル中、カルト狂い。

彼らは世間をしくじってはいたし、「あいつが失踪した」「あの子が自殺した」という話も日常茶飯事だった。だけどそんな彼らと言葉を交わす時、「この人もあしたにはいなくなってしまうかもしれないな」という緊張感があった。それは共に過ごす時間を希少で有難いものにした。

酔いで狭くなった視界のおかげで店内が広く見えた。

「狂人の頂点はやな、正社員や」

ギリギリの呂律が宙を舞った。

「そりゃめちゃくちゃでしょうよ。小生はゴリゴリの詐欺やってるけど、小生のほうがマトモってことですか?」

「その気色悪い一人称も含めてまだマトモや。人を騙してても殺しはしてへんやろ？　音楽業界の正社員はホンマにエグイぞ、小生くん」

「そもそも音楽業界の正社員って、正社員なのですか？　雇用の定義が分かりかねるのですが」

「知るかい。本人らがそう言ってるからな。偉そうに」

怒気を孕んで続けた。

「責任もリスクも負わへん。後は猟奇的断定を繰り返すだけや。『普通』って書いてる看板で、属性の違う人間をおもくそ殴れる暴力性がある。完全に壊れてるやろ？」

「小生には正社員のキャリアがないので分かりかねますが、正社員とは恐ろしい生き物なのですね」

「当たり前やろ。ホンマの悪はな、狂信的なやつとか、おかしいやつから生まれるんちゃうねん。自分は普通に生きてる、レールに乗っかってると思い込んでいる一般的なやつから出てくんねん！」

カウンターの裏に軽く膝蹴りを入れた。

「つまりナチスのアドルフ・アイヒマンと一緒ということですか？　権威に命令を下された彼は流れ作業のように、罪悪感なく大量虐殺をしたものです」

「まぁ、そんなしゃらくさい話でもないけどな……あんましな、小難しいこと言うな、小生」

知らない外国人の名前を出されて声が小さくなった。

「これでも小生は小生なりに大志を抱いていますからねぇ。日々、勉強しております」

小生くんは背筋をぴんと正して前を向いた。

「夢多き詐欺師か……」

ため息が漏れた。

「夢あっての人生ですよ！　それにしても、正社員がそこまでお嫌いなんですねぇ」

「最高に嫌いや。自分が正しいって思ってるからな。正しい社員、正義の社員と書くだけある」

人差し指で空気に漢字を書いた。

「それは意味が違いそうですが……でも、正義は小生も苦手です」

小生くんはハイボールを喉に流し込んだ。

「社会不適合者なんて呼ばれてる人間のほうが、まだ確かな想像力を持ってんねん」

「それなら小生にも分かる気がします。いやはや面白いですね」

「何も面白いことあるかい……」

「小生は面白いですよ？　とてもいいお話でした」

「そらよかったな」

結果、明け方まで日本酒を八合ほど飲《や》ってそのまま気絶してしまった。目が覚めたら小生くんはいなくなっていた。


「今年と同じ数字じゃ完全に赤字だからな！」

マネージャーは目を血走らせて、会議室を出て行った。

バタンと真っ白のドアが閉まって、観葉植物の葉が靡《なび》いた。ずっと一緒にやってきたバンドメンバーしか残っていない部屋が、東京最強の居心地の悪さを持つ空間と化した。最近、事務所に来るといつもこうだ。

「なぁ、川嶋……」

シンイチロウが半分金髪、半分黒の長髪をかき上げて沈黙を破った。

「どうした？」

「年末のフェス大丈夫なんかな？」

「大丈夫やろ。コンビニで俺らの曲流れてるやん」

笑いながら言った。シンイチロウから不安を伝染させられたくなかったし、ついでに元気付けてやりたかった。

「あ、俺昨日、曲流れるまで立ち読みし続けたわ」

徹也も笑って言った。

「ちゃんと流れたんか？」

「流れたな。それよりお前の声がコンビニの中で聴こえんの変な感じしたわ」

「そんな場所で自分の声、聴きたないなぁ」

「いやいや、案外感動すんぞ」

徹也はただでさえはっきりした目鼻立ちをさらに大きくして笑った。

「まぁ、帰るか。ずっとおってもしゃあないし」

立ち上がると、二日酔いの痛みがまた襲ってきた。

マネージメント事務所に入る憧れはあったし、歌でお金を稼ぐのも、音楽漬けの毎日も夢だった。だけど到達した現実は楽器を持っていない時間のほうが多く、その中には口には出さなくとも「別にうちのバンドじゃなくても」としか言えないものもあった。

大成功もしていないし、大ブレイクもしていない。だけど僕たちはもう、後戻りできないところまで来ていた。

ビルを出ると、空は真っ暗だった。数ヶ月前の夏が思い出せなくなるほど黒く塗りつぶされていた。

夏フェスへの出演、地上波での紹介、ＣＤの発売など初体験だらけの七月、八月は絵日記をつけたくなるぐらい楽しかった。だけど、一寸先にまさかここまで神経のすり減る闇が待ち構えているとは思いもしなかった。

「俺、ちょっと歩いて帰るわ」

場の空気が悪くならないように声色に気をつけた。

「あ、そうか。お疲れ」

「またな」

なんだか徹也とシンイチロウと一緒にいたくなくて、別々に帰ることにした。「三人合わせて負債」という犯罪者のようなうらぶれた気持ちから、離脱したかったのかもしれない。

数分ほど一人で歩き、コンビニでいつも通りグリーンラベルを買った。

「袋いりません」

「……」

東京のコンビニ店員は、人間としてマナーモードになっていることが多い。マナーが良いのか悪いのか分からなくなる。都会という場所で礼節というものを深く考えると心を病む気がする。

赤坂から僕の自宅まで歩くと一時間以上かかるが、昔から辛くなると酒を飲みながら長距離を歩く習慣があったせいで慣れっこだった。赤坂、乃木坂、代々木、甲州街道を通り、家を目指す。アルコールの無敵感に引きずられたまま、足裏が疲弊していく経過が気持ちよかった。飲んでは買い、飲んでは買いを繰り返しながら歩いた。

代々木のコンビニに入ると本当に僕の作った歌が流れていた。初めて耳にした。

翌月に決まっている年越しロックフェスに照準を合わせたプロモーションらしい。トップアーティストが何十組も出るイベントだ。出演決定時には興奮したが、喜びが不安へと変わっていくのにそう時間はかからなかった。

「まったくローソンで歌流して、客増えるか……？」

酒の陳列棚でロング缶を手にとって、独り吐き捨てた。

「袋いりません」

「……」

「やっぱ下さい」

「……」

ビニール袋に酒が入れられた。

コンビニで自分の楽曲が流れている喜びは正直ゼロに等しかった。最近は浮かれるどころか、喜ぶどころか、心を占めるのはステージに人が集まるかどうかの不安だけだった。

年末のイベントの舞台は五千人を収容できる大ステージだ。数百人しか集まらなかったら、じつに貧相な風景になる。集客の恐怖心がいったん芽生えると、酔いが冷める気がしてまた怖くなった。

袋を店内のゴミ箱に捨てて急いでプルタブを引いた。自動ドアが開くと同時に店内曲がＡＫＢに変わった。


幕張のステージに立つと、八千人近いオーディエンスが溢れていた。『見ろ！　人がゴミのようだ！』とつい叫びたくなる光景だった。自分の歌が大音量で響く非現実的な時間は、三十分経つとシャボン玉が割れるように終わった。

「いやー！　最高やったな！」

ステージ裏にはけると、徹也がハイタッチを求めてきた。頭の上に手を伸ばすと短い破裂音がした。

「うまくいくもんやな」

呼吸を整えながら言った。

「なんやねん！　その感想！　あ、シンイチロウ。お前最後の一音、変な音弾いたやろ」

「あ、バレとった？」

シンイチロウの長髪は照明の暑さのせいかずいぶん濡れていた。

「分かるわ！　なんであそこだけ間違うねん！　四弦バーンって弾くだけやろ！」

「最初緊張しててんけどなぁ。最後らへん、気抜けて完全に油断したわ」

「全然違う弦弾いてたやんけ！」

徹也はケラケラ笑っていた。

バックヤードに戻ると、嬉しさよりも安堵が先にやってきた。高いところから落ちる寸前で助かったような、息切れた安堵感だった。ライブが形になったこと、何よりも恥をかかないで済んだことにまだ脂汗が止まらなかった。徹也とシンイチロウだけじゃなく、スタッフもファンも喜んでくれていた。これでいいのだ。でもそれを見て、ただただ「助かった」としか感じなかった。

規模が大きくなればなるほど、「いつか見損なわれる、見限られる」という恐怖は肥大した。スタッフ、メンバー、会社、マーケットとの時限性の関係を一日ずつ綱渡りで歩いている気分だった。

つま先の方向が「成功するはず」に向いているか、「失敗するかも」に向いているかで、心は感じ方を一八〇度変える。かつて夢見ていた幾つかの頂は、そのほとんどが「ホッとした」か「気にしないフリ」で分別され、収集され、焼却、処理されていった。

それでも明るく振る舞わないといけない毎日が重なって連結していた。


仮設された控え室で一人、ケータリングのビールを流し込み、少しずつ引いていく心痛を労《いたわ》った。徹也とシンイチロウは別のアーティストを観に行くと言って消えてしまった。隣に誰もいない辛気臭い打ち上げだった。バックヤードを覗くと芸能人、有名人が何人もウロウロしていた。中学、高校の時に聴いていたアーティストたちが乾杯を繰り返し爆笑している。顔を引っ込めて仮設控え室へと戻った。

ロックスターがロックスター同士で固まっている光景は、サッカー部はサッカー部同士、帰宅部は帰宅部同士で固まっていた教室の中を思い出させた。

僕が一人なのも同じだった。

日付けが変わる前に帰ることにした。マネージャーとはこの日一言も言葉を交わさなかった。

海浜幕張駅を目指すと冬の夜の風が激しく牙をむいた。顔が凍て始め、息の白さが闇の中に浮いた。身を縮めながら歩いているうちに、祭りの後のような感傷が走った。淡く立ち上る寂しさは、まだ向こうで群衆が大騒ぎしているせいだろうか。

気を紛らわすためにコンビニで缶ビールを買って一気に飲み干した。空き缶をゴミ箱に捨てると、すぐに喪失感に襲われた。もう一缶同じものを買ったら、店員がロボットみたいに同じ動きをした。

駅の売店に着くと、違う銘柄のビールを買った。

『一人で山に登ったり旅に出ても、孤独は感じへんやん？　街にいたり、学校にいたほうがよっぽど独りぼっちな気しない？』

言葉が急にフラッシュバックした。何年も前に聞いたことのある声だった。気が狂ったのかと、頭を振って自動改札機を潜り抜けた。

『たぶん孤独って一人の人間にあるんじゃなくて、たくさんおる人間と人間の隙間みたいなとこにできるんかなあって』

また声が脳内再生された。瞳孔が開いて額に汗がにじんだ。確かに覚えがある言葉なのだが、情景や声色、いろいろな成分が混ざり合って手繰り寄せられない。他の誰にも聞こえていない音声が僕の頭にだけ氾濫した。

『めったにないけどな。何年かにいっぺんぐらいしかないねんけど、生きててホンマに良かったなって日があんねん。いっぺんでも味わったら、後の日がゴミクズみたいなんでも生きていけるねん』

かぶさってランダムに断片的に時折、違う人の声でそれは飛んできた。ビールを思い切り飲んでかき消した。そのタイミングで京葉線が滑り込んできた。

車両は空いていて、生前、影が薄かった人物の葬式みたいだった。ここにいる参列者は僕と同じく、大晦日に興奮できない人ばかりなのだろうか。ハッピーニューイヤーの波から弾かれた人々を乗せて、電車は真っ暗な夜に消えた。BUMP OF CHICKENの「銀河鉄道」を誰にも聴かれないように口ずさんだが、ワンフレーズしか覚えていなかった。

脱力してシルバーシートにどさっと尻から落下した。誰もこちらを見向きもしなかった。僕と乗客たちの知名度など誤差ぐらいのものなのだと、改めて笑えてきた。

高速で通過する車窓を見ながら酒をぐいぐい飲んだ。また声が走馬灯みたいに頭を駆け巡った。

『けっこういいやん。尾崎ぐらい』

電車の轟音を伴奏にして、次々重なってくる。

『負い目なく、生きてる人間なんて、いるんかなぁ』

脳のところまで出かかっているのだけど、記憶を掴みきれない。すごく大切な時間だったような気もするし、とても悲しいことが起きたような気もする。

『有名になれば、この空しい日々を塗り潰せるんすよ』

『誰かに聴いてほしいんじゃないん？』

交わしていたであろう会話が、水に似た手応えですり抜けていく。

右手に持っていた缶が滑って落ちた。

「あ」

黄金色と白い泡が混じって、コンバースの靴を濡らした。缶は進行方向と逆方向へ転がっていった。ビールの足跡を描いて缶は車両連結部のドアまで到達した。

『めったにないけどな。何年かにいっぺんぐらいしかないねんけど、生きててホンマに良かったなって日があんねん』

海浜幕張駅のホームで聞こえていた言葉だ。先ほどよりも高い解像度で再生された。

急に泣きそうになってうつむいた。何が悲しいのか分からなかった。それなのに一滴、二滴と涙が足元へとこぼれた。あれだけの人に集まってもらったのに、まだ「生きてて良かった」と思えていない自分にちゃんと引いていた。そして空しい日々が何一つ塗り足されていないことに絶望もしていた。でも集める人数、金を増やしていく作業にも疲れていた。寂しいのでも侘しいのでもない。ただただ悲しくて、涙が止まらなくなってきた。

『生演奏のほうが全然いいね！』

『そんなのはさ、受け手の力量だよ』

また違う声がした。この声はもっと前に聞いた気がする。この人たちにしがみついていた感触だけは残っている。流れてくる声の洪水をずっと聞いていたかった。

電車が新木場に到着した。乗り換えないといけない。立ち上がらないとならない。手の甲で目を拭いてドアの外に出た。駅の人混みの中、徐々に声は絡め取られていき、エスカレーターから降りる頃には完全に消えていた。

募金箱でも下げて、
近所の校門の前に立とうとさえ考えた

2006年 8月

「もうこんな時間やん」

枕元で二つ折の携帯電話を開く音が聞こえた。横になったまま顔だけ振り返ると、遮光カーテンの隙間からは光が差し込み、無重力の如く埃が舞っている。部屋は我ながら十八歳の男子らしい散らかり方だった。

「それ、ソフトバンクって名前になるらしいですよ」

携帯電話に書かれた『vodafone』を見ながら言った。

「どういうこと？」

「分からんけど、J-Phoneからvodafoneみたいなことなんじゃないですか？」

「あたしはなんでもええわ。メールと電話できたら」

自分のウィルコムを見ると、昼の十二時を過ぎた頃だった。それにしても何時に寝たか思い出せない。昨日も心療内科で貰った薬と酒を飲み合わせて、ラリり倒していたせいだろう。昨夜の印象が遠い夢のように淡い。重たい体を起こすと、強烈な頭痛に襲われた。

「アタマ痛っ……」

思わず声を出して壁を向いた。

「はい、これ」

半分ぐらいになったペットボトルの水が、僕と壁に挟まれるみたいにやってきた。

「あ、ありがとうございます」

五回に分けて寝ながら流し込む。ほとんど口から溢れた。

昨日たまたまバーで知り合ったこの人は、僕より六つ上らしい。嘘か本当か分からないがどちらでもよかった。

「どうします？　帰りますか？」

「旦那帰ってきてるやろから帰るわ」

「結婚してたんですか」

「言ってなかったっけ？」

「昨日聞いたような気もするけど」

目をつぶっていても、視界が回転していた。いっそ殺してほしいぐらい気持ち悪かった。完全なバッドトリップだ。

「じゃあ帰るわ。また夜来ていい？」

後頭部から声が聞こえた。

「ええけど、今日花火の日ですよ？」

壁に向かってうめき声を出した。

「あ、今日花火の日か。ええやん。飲みながら見れるやん」

「俺、誰かと花火見るの初めてです」

「あたしもそんなんしたことないわ」

「そんなんばっかしてそうですよ」

壁に抱きついて言った。

「じゃあまた後でね。ちゃんと起きなあかんで」

「ていうか、あんなに薬と酒飲んで、なんで平気なんすか?」

振り返ると誰もいなかった。

「じゃあまた夜なー」とドアノブを回す音がした。ドアが閉まると真っ暗になった。奈落の底のように感じられる部屋で泥のように眠った。


僕は十八歳で地元を飛び出した。清潔なニュータウンから抜け出さないと気が狂いそうだった。若者が喜ぶサービスが導入されそうになるたび、PTAか何かのオバさんが「治安が悪くなりますよ!」と野犬のごとく吠えた。「治安」のためなら、誰を傷つけてもいいと思っている不気味な思想を持つオバさんの努力は実り、僕の地元のニュータウンにはコンビニもゲームセンターも楽器屋もやってこなかった。

正義を打ち立てた時、人間は想像力を失う。相手が不当ならば、自分は正当であると信じるようになり攻撃を開始する。糾弾の殺傷力は次第に増していき、やがて怪物へと化ける。怪物は分裂を繰り返し、同じ思想を持つ者を増やしていく。

蛆のようにわく「正義の大人たち」が巣食う学校も苦手だった。中学の一年、二年はとても通えなかった。あの空間にいると、果てのない恐怖に飲まれ、戦慄が絶頂を通り越してしまいそうだった。

幼少の頃の僕はずいぶんと可愛がられる子どもだったらしい。これは残念なことにいわゆる天分の類いではなく、やたらと察しが良かったので、どうすれば親や親族、周辺の大人たちから施しを受けられるか、常に考察し続けていたからだ。

ある日、大人たちは自分が笑うと喜び、泣くと慌てふためく生き物なのだということを理解した。五歳になる頃には、鏡の前で笑顔のトレーニングをし、愛想の出し入れが自在になっていた。愛嬌の乱用によって恩恵を得ることはできたが、次第に彼らの性根が透けて見えるようになった。透視能力が身についたというわけではないが、発言を検証する癖が習慣として刻まれてしまった。

その先に見えたのは、人間が全身から発している目を覆うような欲望だった。「正義の大人たち」は金や利権、カースト、格式を喉から手が出るほどに求め、同族の価値観を持つ賛同者を探し続けていた。

これらは政界のような場所でこそ生まれるイメージがあるが、現実には違う。ごく普通の家庭、ごく普通の教員、ごく普通の親同士が笑顔の裏で粘りを含み、腐臭を漂わせていた。

表面的な親交に隠された強欲、猜疑があまりにおぞましく、それらが届かないどこかへ逃げたかった。すべての子どもは絶望しているが、やはり僕も例に漏れずそうだったのだ。

結果として、十代のうちに何とか脱獄に成功した。

何も考えずに決めた住処は、淀川の北に位置する繁華街の一角だった。「町の位」など測定しようもないが、「西成以上、長堀未満」ぐらいだろうか。様々な法律が緩んだ下町は性に合っていた。

しかし、金も根性も適合力もない男が通用するほど、「生活」は甘くなかった。どのバイトも続かなかった僕の貯金はすぐに底をついた。募金箱でも下げて、近所の校門の前に立とうとさえ考えた。

一人暮らしを始めて三ヶ月経った頃、とうとう精神を病んだ。梅雨は人間を弱くするらしく、自分の中の「漢《おとこ》」のようなものが低気圧に殺されていくのを感じていた。

諦めと希望を持って、首吊りセットを部屋に設置した。これは案外心に良い効果をもたらした。「最悪死ねる」、「いつでも死ねる」というのは肩の荷が下りるらしく、生きづらさがマイルドになったような気がした。

目の前で赤い爆発が起きた。西日が遮光カーテンの隙間からレーザーのように瞼を焼いたのだった。

頭痛も落ち着いていたので、花火の日だし軽く歩くことにした。しかし改めて「祭り」というものには心がやられる。数え切れない人数が、同じ座標軸に寄り添っていくのに、同じ場所に立つことはできないからだ。人間という生き物は同じ考えを共有することも、同じ痛みで泣くことすらもできない、そんな事実がただただ浮き彫りになるみたいで、惨《むご》たらしくて胸が締め付けられる。あの大勢の中にいると「僕たちは死ぬまで独りだ」と途方もない侘しさに壊れそうになるのだ。それでも祭りの雰囲気を味わいたいのは、新しい傷口をわざと押してしまう快感に似ていた。

商店街に入ると、あちらこちらに屋台や露店が出ていた。

「はい、三セットな！　ありがとう！　行ってらっしゃい！」

メイドの格好をした女性が男の集団に囲まれていた。

「俺は四セットくれ！」

「はーい！　行ってらっしゃい！」

「俺は七セットや！」

「もう！　そんな食べれるんですか？　ありがとう。行ってらっしゃい！」

女性の笑い声が聞こえた。

メイド喫茶がベビーカステラの店を出しているらしい。『みるくはうす』と書かれた看板に蟻のような行列ができていた。小さなカステラを食べきり、男は再び並んでいた。よく十個も二十個も食えるもんだと感心した。

アーケードの果てまで出店は連なっていた。「こんなにも人が住んでいたのか」と思うほどの賑《にぎ》わいだった。面白いもので、服装や雰囲気で何となくよそ者か、この地に住む者か分かるのだ。着の身着のままねり歩く人々はおそらく、ここで息をしている仲間なのだろう。夜になれば、あちらこちらからよそ者がやってくる。「場末」としか表現できない街なのだが、一年に一度、今日だけは何十万人もの来客が訪れる。

文化祭の最中に校庭を眺めたり、クリスマスイブにイルミネーションの通りを一人で歩くような、そんな大枠の外にいる解放的な寂しさを抱えながらゆっくりと散歩した。

いつの間にかオレンジの空は薄く透き通る夜空に吸い込まれ、街全体が年に一度の儀式を待ち侘びていた。

「夜七時ぐらいに行くね」

メールが来ていた。誰かが自分に意識を向けてくれているだけで、寂しさはこんなにも和らぐらしい。


僕たちは花火を見るため、近所にある十五階建てのマンションに忍び込んだ。

エレベーターに乗り「14」のボタンを押すと、数字がオレンジ色に灯った。不法侵入者のエチケットというか、最上階は何となく申し訳なくて気が引けたのだ。

十四階は物音もなく、人の気配がしなかった。ほとんどの部屋の扉に『18禁』のシールが貼られていて危うい匂いが建物中に漂っていた。汚くはないが、気味の悪い雰囲気だった。しかしその小気味悪さを楽しんでもいた。

手すりに体を預けて缶ビールを開けた。スルピリド錠を三錠ずつ奥歯で砕くと、舌に電流が走っ

2006年 8月　募金箱でも下げて、近所の校門の前に立とうとさえ考えた

たように痺れた。アルコールを勢いよく飲むと、少しずつ気分が高揚してきて、ふらつきが始まった。ドーパミンが決壊したダムみたいに噴き出していくのが分かる。

「花火上らるんからぁ、ほんわに」

彼女は空のほうに声を発していた。両手で手すりをつかんだまま体を揺すっている。

「こんらけ、集めて、上がらんかったら暴動起きるんじゃないれすか？」

薬の効きが強くなっていき、発音が怪しくなっていた。

「暴動のほうが見たいわぁ」

「にしない行けばいれますよ」

この時の僕たちは知る由もないが、二年後の六月に西成で暴動が起きる。鎮圧に大阪府警機動隊まで出動することになる。

阪急電車のアナウンスと群衆の喧騒を纏った半熟の空を見ながら、ビールを次々と空けた。何本目かの新しい缶を手に取った、その時だった。

ドォンと音がして、晴れた夜空を覆い尽くす花火が炸裂した。

手を伸ばせば届きそうな近さだった。火の玉が、一瞬のうちに視界全域に広がった。下界からいくつもの歓声が上がる。街は一体となって、咲き誇る炎に感動していた。声は僕たちのいる十四階を通り越して天空へと駆け上った。

「ホンマに、上がったね」

左隣から小さな声がした。

「ホンマに、上がりましたね」

僕の声は彼女を上回る小ささだった。小声で話すと呂律がなんとか回った。

「負い目なく、生きてる人間なんて、いるんかなぁ」

彼女は閃光に灯された夜に向かって言った。

「負い目はあるでしょ……誰やって、それなりに、親しい人を裏切ってるんじゃないすか？」

横に目をやった。花火色に染まった横顔には、世の中のすべてに観念しているような虚無感が張り付いていていた。

「裏切りもんになるんすか？」

軽い緊張をまとって声を出した。

「裏切るって？」

「いや、結婚してるって言うてたから」

「どうなんやろな……」

「みんな親しい誰かを裏切りながら生きているとは思うんすけどね」

それでも誠実の切れ端を放せないでいる、とは言えなかった。でもそんな一欠片の、ほんの少しの呵責があるから繋がっている関係ばかりだ。

「この花火を見ている全員に当てはまるかもなぁ」

淡い声色だった。

「こういうの、暗い喜びって言うんですかね？」

「何それ？」

「いや、こんだけの人がおって、全員が多かれ少なかれ誰かを裏切ってて、それでも大事にもしながら人間やってんねんなって思ったら、嬉しくないですか？　仲間見つけた気して」

「でも、人間は死ぬまで独りやと思うで」

愛嬌のある目が特徴的な笑顔だった。

「まぁそらそうなんですけど……」

頭を掻いた。

「だからこそいつも思うねん。死ぬ時に死ぬのはあたしやん？　他の誰でもないやん。せやからちゃんと好きなように生きたいなって」

花火はエスカレートして、轟音を連発している。それに呼応して街も歓声をあげる。拍手と喝采はヒステリックにさえ聞こえる。

僕たちは感動するのがヘタクソだった。二人とも何も言えず、目を丸くしたまま瞬く空を見つめていた。

2006年 8月　募金箱でも下げて、近所の校門の前に立とうとさえ考えた

自分たちの後ろめたさが、炎の明るさに晒されてしまうような気がした。

そんな僕たちを無視するかのように、巨大な火花はさらにヒートアップしていき、川風は火薬の匂いを絶え間無く運んできた。

「人間は球体をはんぶんこに割ったもんらしいで」

破裂音のすき間に声が割り込んだ。

「はんぶんこ?」

「そう、半分しかないから、足りないもう半分を探してんねんて」

「男は女を求めて、女は男を求めてる、とかいう話ですか?」

「半分を埋めるもんが、クスリの人もおれば、お酒の人もおるし、お金の人もおるやろ」

しばらく音が続いた後、バァンと最後の一発が上がった。

一瞬だけ、一年で一番この街の夜が明るくなる。閃光が消えた後、しんと静まり、いつもより空が黒く広がった。ぱち、ぱち、ぱちとクレッシェンドで拍手が鳴り始めた。音は津波のように膨れ上がり、次第に近所のビルやマンションからも飛んでいた。花火は終わると、始まる前より寂しくなるのは何故だろう。

「終わっちゃったなぁ」

月にささやくみたいな声だった。小さいけど遠くにいても聞こえてきそうな「終わっちゃったなぁ」だった。

2006年 8月　募金箱でも下げて、近所の校門の前に立とうとさえ考えた

「はんぶんこの話ですけど」

意識して明るく発した。それぐらいならできると思った。

「半分を埋めるもんが、夢とか大事な誰かとかやったら、一番いいですよね」

新しい缶ビールのプルタブに指先をかけたが、手が震えてうまく引けない。本気で力を入れるがアルミ缶は微動だにしない。

「健康のためなら」

そう言って彼女は僕から缶をひったくって人差し指一発で開けた。水分を含んだ音が心地よく鳴った、と思いきや酒はぐいっと飲まれた。

「健康のためなら、死んでもいいって人もおるし、夢に溺れて壊れてまうこともあるし、何がいいかなんて分からんよ」

彼女はもう一缶、鮮やかにプルタブを引いて僕に渡した。それを両手で受け取った。

彼女に乾杯を求められ、引き寄せられるように銀に光る缶を合わせた。

「旦那にｍｉｘｉ教えてないねん」

人差し指の爪でプルタブをいじりながら彼女が言った。

「え、なんでですか？」

「人間、見られたくないこととか、知られたくないことなんていっぱいあるやん」

真っ暗になった空に目が慣れ始めてきた。

「じゃあｍｉｘｉ教えてください」

「なんで？」

「見られたくないことが書いてるんなら、見たいじゃないですか」

「別にええけど、そんなおもろいこと書いてへんで」

「いいんです」

次の日、携帯電話の液晶画面には『マイミクシィ追加リクエストが１件あります！』と、赤い文字がビカビカ光っていた。

彼女の名前がユリであることを初めて知った。

こいつに何十万人も毒殺されてきた

2006年 9月

ｍｉｘｉは僕たちの防空壕だった。現実からの逃避として、社会からの隠れ家としての非常口だった。

当時ＳＮＳなんて呼び名はなく、検索しても会員以外閲覧できないため、「閉鎖的インターネット」という立ち位置だった。僕にとっては非公開の日記を書くためだけのツールだった。「なかったとしても困らないもの」でしかない。しかもテキストの内容は山本直樹のマンガレビューだけだった。

記事に誰かからのコメントがあると、「新着コメントが１件あります」と赤い文字がビカビカ光る。アレが表示されるたびにドーパミンの洪水に飲み込まれた。ＳＮＳというもの自体、真新しかったせいもあるだろうが、ｍｉｘｉには破壊力があった。リツイートやファボ、いいねなんかの比ではない。「ｍｉｘｉ中毒」という病理的な言葉まで誕生したが、その通りの依存性があった。だが僕の文章にユリのコメントがついたことは一度もなかった。ユリのページに僕が文字を書いたこともない。ｍｉｘｉには「足あと」という訪れた人の痕跡が残るシステムがある。僕とユリはお互いのページを「足あと」だらけにしていた。コメントはなくても「見てもらっている」というだけで承認欲求が満たされた。

インターネットの中でコソコソしていた僕とユリは、オフラインでも笑えるぐらい隠れていた。昼間に梅田やミナミ、新開地に三宮などの盛り場を歩いたり、遠出もしなかった。誰かからの指示でもないのだが、自然とそうなった。そんな腫れ物に触るような日々は細長く続いていた。

「家族でも解散できるねんな」

ユリはコンビニの袋から酒を取り出して、僕に渡した。

「山本直樹ですか？」

「うん」

「『ありがとう』ですよね？」

「当たり。あれが一番好きかもなぁ」

夕方前の空は、世界中の秋晴れを全部大阪に持ってきたような素晴らしさだった。夏が過ぎてから秋日和が増えて、僕とユリはよく河川敷を歩くようになった。

会うたびに山本直樹の話ばかりしていた。ウェブ上にアップした情報を、インターネットが繋がらない場所でも話していた。山本漫画は作品数も多い上に読解する余白が広いので、何度話しても新しい会話ができた。

「何が一番好き？」

ユリがこちらに目を向けて言った。

「『BLUE』も『ビリーバーズ』も好きやけど……一番好きなのは『安住の地』ですね」

「あたしアレ持ってないねん。なかなか売ってへんよな」

「働いてる古本屋にあったんで、パクっといたんです」

「泥棒やん」

「泥棒ですよ、どっからどう見ても。純度百パーの泥棒」

「そんなんせんでも、読みたい本がすぐ見つかるとええねんけどな」

ユリは眉をしかめて、唇に缶を運んだ。

四年後、ユリの夢は叶う。スティーブ・ジョブズの名プレゼンと共にｉＰａｄが発売され、電子書籍元年が訪れる。マニアックな本を探しまわる苦労は消えて、その代わり、いくつもの書店は街から姿を消す。

僕とユリは少し離れて歩く癖があった。もし手を繋ぐなら二の腕が覗き出るまで、伸ばさないといけない距離だ。なぜかこの隔たりを用意すると、沈黙が続いても気まずくならずに済んだのだ。

数分間、お互い無言もしばしばだった。

「なあ、フグ食べに行かへん？」

ユリが正面を見ながら口を開いた。

「そんなええもん、食ったことないですよ」

缶の酒を一口飲んで答えた。

「なんか食べさせてあげようかと思ってなあ」

また一口飲む。

「ちなみに、店に入るんですか？」

「フグはハイキングでは食べられへんやろ」

「なんていうか……店なんて行っていいんですかね？」

ユリは「指名手配されてるみたいやな」と軽々しく笑った。

秋の空気が気持ちよく、酔いが冷めていった。夏が息絶えたという感じがした。


梅田の外れにポツンと建っている店だった。牛丼チェーンや立ち飲み屋に入ってばかりの僕には、小料理屋というより時間の海を渡ってきた難破船のように見えた。こういう店は客を迎え入れる感じがしない。だが、心のどこかに憧れがあったのも確かだった。

店内はカウンターしかなく、八席ほどのこぢんまりしたもので、客は僕たちしかいなかった。

板前が博多直送のフグをさばいていく。丸っこいフグは仕分けのように調理されていった。

「てっさです」

大皿一面に広がった刺身が板前の両手に載っている。花びらのごとく開かれた皿は、この世にあってはいけないほどの贅沢品に見えた。

「相変わらず旨いなあ」

ユリが口をもぐもぐ動かしながら言った。

「やっぱ旨いんすね」

初めてのフグに、多少なりとも緊張していた。しかし刺身を一枚すくって噛むと、張り詰めていた心が解きほぐされてゆくのを感じた。薄さに相反した歯ごたえがあり、噛むほどに旨味が重なっていくようだった。

「旨ない?」

ユリはじつに得意気にしていた。

「旨いです。でも高いんじゃないすか?」

「あんたの月収一月分ぐらいちゃうかな」

「すんません」

「ええねん別に。なあ、おっちゃん。ここ大阪で何番目なんやっけ?」

ユリが板前に話しかけた。

板前は笑みも浮かべず、「うちはキタやったら、二番目に旨い店ですわ」と答えた。

「一番はどこなんですか?」

板前が一瞬、じろりと僕を見て「そんなん教えられませんわ。だって教えたらお客さん、そっちのほうへ通ってまうでしょ」と低いがよく通る声を響かせた。

「なるほど。たしかに……」

うまいこと言うもんだな、と納得した。

「セコいかもしれませんが、そういうもんですわ」

板前がそう言う頃には、僕たちはてっさをすっかり平らげていた。

「お酒もちょうだい」

ユリが言うと、二杯のコップ酒が出てきた。小皿に載っかった透明な容器には、山田錦がなみなみとつがれている。口から迎えに行き、一口やると逃げ水のごとく食道を通過した。胃にポッと温かみが灯る。

僕とユリは、冷《ひや》を何杯も飲み続けた。

板前は鍋の準備をしているようだった。煮えてくるまでの間に『焼き白子』の皿が出される。網でこんがり焼かれ、かすかに塩を振っただけの簡単なものだった。これは先のてっさとは正反対で、ねっとり舌に絡みつく。焼き上げられた皮は、こんがり焦げた香りが勇ましく、程良い塩味についい酒が進んだ。

鍋が来た。予想より小さなものだった。しかしそのサイズ感が、逆に上品さと高級感をかもし出していた。

内容はネギと豆腐と骨身だけなのだが、豆腐が絶品だった。艶があり、喉の奥が一瞬光り輝くような、期待以上の滑らかさだった。

「豆腐って、こんな味するんすね」

ため息をつくようにうなずいた。

「豆腐食べたことないん?」

「最近、『にらみ豆腐』ばっかりやったんで……」

「ああ、あの前言うてたやつか」

ユリは箸を持つ手で口を押さえながらクスクス笑った。鍋のグツグツした音色が、しばらく店内をつつんでいた。


近所の横丁で一人で飲む時、肴は決まって豆腐のみにしていた。豆腐、それのみだ。カウンターの上には箸と豆腐と酒だけが載せられることになる。しかもめったなことでは箸を付けない。まずじっと白い塊を睨む。

鉄の壁を射通すかというぐらい凝視しながら、酒を口に運ぶ。酔いが進むと、今度はつまらないテレビ番組を眺めるように、ぼんやりと豆腐を見ながら飲む。

こうして長い時間、多種多様な見方をしていると、『豆腐』という存在自体がゲシュタルト崩壊を起こし、形態がバラバラになって、じつに興味深いものに思えてくるのだ。

豆腐の起源は古く、紀元前説、唐時代説など諸説ある。

僕は「諸説ある」という類いのものが好きだ。不確かなものほど、間違いが許される。つまり正解の数が複数あるということになるからだ。反対に数学のテストなどのレールやゴールが一つしかない物事が嫌いだった。生きるのに必要なのは、『正解』じゃなくて、山本漫画のような余白や余地だ。大体、生きることにおいて『正解』なんて存在するのだろうか。

そもそも『正』という漢字そのものが気に入らない。

『止《とど》』は『口《くにがまえ》』と『止』の会意文字だ。国や村の象形の「くにがまえ」と足跡の象形である「止まる」によって構成されている。

意味は敵国に直進、進撃することだが、「攻め込んで支配することこそ正義」という権力者の自己正当化、思惑も隠されている。

「民衆を苦しめる正しさ」は、三千年経った現代もあまり変わらない。

「正しいって字のくせに……」

酔いのせいで頭の中の愚痴が、閉め忘れた蛇口のように勝手にこぼれてしまっていた。

「川嶋、お前また訳の分からんこと言うてんな」

カウンターから上半身だけ見えている店主の笑顔は呆れにも似ていた。僕と店主はそれなりに口をきく仲だった。

「だって、『正』なんて漢字、イカレてますやん。入口でも出口でもない……その上、止《とど》まれって」

舌が疲れるぐらいまくしたてた。

「しかも左側に変な棒が一本付いてる。そのせいで左右非対称ですよ。『正しい』くせに狂ってる。チューニングがメチャメチャなギターみたいで気色悪いこと、この上ないです」

「そら、たしかにけったいやな」

七割ほどには納得した、店主はそんな表情で中空に目をやった。

「ホンマ……」

そう言った後、猪口の中身を飲み干して「気色悪い字ですわ」と徳利から酒を注いだ。

「アホなことばっか言ってんなあ。その『にらみ豆腐』もや」

「なんですか、それ？」

「お前のやってるそれや」

店主は手付かずの豆腐を指差した。

「あんましね、俺はぱくぱくメシを食いながら飲みたくないんですよ」

くだらなくなどない、そんな意識を目に宿して主張した。

「いつもいつも、飽きへんやつやな」

「カート・コバーンとか太宰治が満腹になって、酒飲んでたらがっかりしますやん」

「死んだ人間の話ばっかりやな、お前」

店主は軽いため息をついた。

二合、三合、四合……と続けていっても『にらみ豆腐』は続く。最後にほんの少しだけ、小指の先ほどの量をつまんで口に運ぶ。

「ごちそうさん」

そうして箸を置いて、席を立つ。

「まったく。毎度、おおきに」

会計が千円を超えることはなかった。豆腐はほとんど原型のままだった。

僕もフグ鍋の豆腐を『にらみ豆腐』するほど、場をわきまえない馬鹿ではない。それに豆腐があまりに旨くて、酒に手を届ける暇がない。

口の中の印象を一度洗い流すために、また酒を口元に運んだ。僕とユリは七、八合の清酒を腹に収めていた。酒質が優秀なのか、まったく悪酔いしなかった。

そのとき、ユリが小声で言った。

「肝、いく？　肝」

驚いた。

トラフグの猛毒テトロドトキシンは卵巣、肝臓に集中している。毒性は青酸カリの千倍だと言われている。西暦二〇〇〇年初頭、牛や馬などの生レバーへの規制はなかった。しかしフグの肝は、大阪府の条例では禁止になっていたはずだった。事実、フグ肝が原因の死者は掃いて捨てるほどいた。

フグには「鉄砲」の異名があるが、「当たる」から鉄砲だという説と「滅多に当たらない」から鉄砲だという説がある。

肝臓の提供については、都府県の条例によってばらつきがあるのだが、身をかがめて隠れるように食べさせる店があるというウワサは耳にしていた。

「肝はな。あの唇のちょっと痺れてく感じがたまらんねん」

「いや、でも死にません？」

「嫌なん？」

「嫌じゃないです。物の味も解るつもりです。でも、俺はただ酔っ払いたいだけなんすよね」

「自失したいからお酒飲んでるだけってことやろ？」

「そうです」

ユリの目を真っ直ぐ見ながら答えた。自分でも驚くほど真剣な返事だった。

「『俺は酒を飲むために多少の肴を喰らうのだ！　肴はそれだけの価値しか無い。むしろ睨んでいるだけでもよい！』とか偉そうなこと言うつもりなん？」

ユリは頬杖をつきながら、にやにやしていた。

「別にそこまでは言わないすけど……」

食わず嫌いではないし、夏休み最終日の中学生程度には死も待ち望んでいる。でも命を賭けてまで旨いものを食いたいとは思わない。なんだか行き場が無くて、板前に尋ねてみた。

「当たりますかね……？」

ダサイ質問だった。板前はこちらを見るわけでもなく口角を上げた。

「そんな死ぬほどの量、出しませんから大丈夫ですよ」

「でも、当たる人もおるんでしょ……？」

「当たる当たらんは、日頃の行いで決まるんですわ」

「じゃあ俺、絶対当たりますわ」

「はっはっは！　では召し上がらんに越したことないです」

板前はようやく声を上げて笑った。

「くださぃ」

「え？」

「食います」

ユリもこちらを見た。

「ええの？」

「いいすよ。食いましょ。死んだらそれまでやと思うし」

大人二人に挟まれて、怯えている未成年の自分が情けなくなったのだ。屈辱を許可されてでも、生き長らえたいとは思わなかった。侮りに対する憎しみ、それで膨れ上がっているのが青少年というものだし、そうでなくてはならない。

ものの五分ほどで青磁の小鉢が出てきた。肝は奇しくも横丁の『にらみ豆腐』と大差ない大きさだった。ただ、色は黄色と白の固まりだった。

「こいつに何十万人も毒殺されてきたんすね」

「そんな死んでへんやろ？」

ユリの声には、背中をさするような労《いたわ》りがあった。

「紀元前から数えたら、そんぐらいは逝ってるでしょ」

とにかく真剣だった。ムキにもなっていた。

箸で二つに割り、ポン酢につけて口に運んだ。肝が口の中でとろける。変な表現だが、じつに「肝っぽい」味がした。旨いし、脂っぽくはないのだが、アンコウの肝とどちらが旨いか、と聞かれたら分からない。

「旨いすね」

「おいしいなぁ」

僕とユリは、二人同時に言った。

「ありがとうございます」

板前が会釈をする。

飲食店の去り際で何百回と言われてきた言葉なのだが、聞いたことがないほど親身に満ち溢れた響きだった。

嫌な感じにならないように気をつけながら、口を開いた。

「でも、これが命を賭けるほどのもんかと言われると……」

一瞬沈黙が流れた。気まずかった。

「まぁ命にも安いのから高いのまでいろいろありますからねぇ……」

板前が笑いながら出刃包丁を布で拭った。

最後の一切れを口に入れた。舌の上でとろける肝を飲み干し、清酒で口中をすすいだ。

「ひょっとすると、これが最後のお酒になるかもね」

からかいの混じる声でユリは笑った。

「たしかに。でもいい酒でした。いい人生かは分からんかったけど」

「もう一皿ちょうだい」

「え?」

耳を疑った。肝が座っている、とはこのことなのか。

「肝ですか……お代わりですか?」

板前は正気か、という面持ちだった。

「うん。お酒も」

ユリは「男やったら」と言うやいなやコップの中身を一気に飲み干し、「一番勇気のいる道こそが、進むべき道なんちゃう?」と声を絞り出した。カウンターの白木とコップが小気味よく鳴った。

何度も聞いてきたユリの声の中で、一番真面目な声だった。

「たしかに……そうありたいですね。勇気のいらん道はおもんないし」

ユリの静かな迫力に引き寄せられている自分がいた。

五分経ち、また肝と酒が来た。

僕とユリはさっきと倍の速度で平げた。瞬く間に皿は綺麗になった。

「肝をもう一つ」

今度は僕が言った。

「いや、もうお出しできませんわ。万一、死なれでもしたらシャレになりません」

「いや、大丈夫です。これは勇気なんです。それに当たってもこの店のこと誰にも言わんし、俺ら二人のことも誰も知らん。だから最後にもう一皿頼みます」

早口だった。適切な速度だと声が震えてしまいそうだった。

「いや、うちは言われたら出しますけど……そんな旨いんですか？」

「旨い不味いの問題じゃないんです。生き死にぐらい自分で判断したい。納得のいく死を迎えたい。他人に殺されるのは嫌やけど、切腹して自決するならいい。そういうもんじゃないすか、男やったら」

堰を切ったように喋っていた。かすれがちの墨の筆跡みたいな声だった。

「そらそうやわ、男やったら。おっちゃん、もう一皿行くわ」

ユリの形の良い目がギラギラ光っていた。

板前は観念した、と言いたげな表情でうなずいた。

「わかりました。一番当たりそうなところを切ってお出ししますわ」

また小鉢と酒が出てきた。一気に肝と清冽な日本酒が口に入る。ふと「清濁併せ飲む」と言う言葉が浮かんだ。

もちろん僕はそんな大人物でもないし、二十歳前の若造だった。フグ毒にも内心怯えていた。しかし、「すべき自粛」を破壊する気持ち良さに暗い興奮を覚えていた。

「うわ、もう二時やん」

ユリが携帯電話を開いて、目を丸くした。

二人とも相当飲んだせいか。足どりが危なかっしい。

「とりあえずコンビニ行きます？」

「そうしよ。飲みながら歩きで帰ろ」

僕とユリはワンカップの清酒を買って、ポケットに入っていた睡眠薬を二つに割り、半分ずつ流し込んだ。

梅田から帰るには『十三《じゅうそう》大橋』を渡る。淀川にかかっている阪急電車もすぐ側を通る大きな橋だ。昼間は車輪が線路を叩く、金属と金属の擦れ合う激しい音の聞こえる橋だが、最終電車がとっくに終わっているせいで死んだように静かだった。

「橋の上、歩いて帰るの好きなんすよね」

「あたしも」

川の音しか聞こえなかった。水音としてではなく、夜そのものから音を出しているような神秘的な響きだった。

「梅田ちっさ……」

ユリが立ち止まって、来た道を振り返った。つられて後方を向くと、梅田は吸い込まれるように小さくなっていて、おもちゃの街みたいだった。夜の淵がエンドロール後の映画館のごとく白くなりはじめ、睡眠薬とアルコールで頭がほぐれていく。このまま死にたいぐらい気持ちよかった。

「あたしら、あした生きてるかなあ」

ユリが欄干に体を預けた。

「分からへんけど、そんなんフグ食おうが食うまいが、関係ないじゃないですか」

僕も腕を置いて、顎を乗っけた。この川の流れは、比叡山や金閣寺まで繋がっている。地図上では近くても、実際に見ると果てしない。宇宙の歴史と生命の寿命に相当しそうだった。

「いきなり地震が来るかもしれんしなあ……」

「もう地震は嫌ですね……阪神淡路のとき、家グチャグチャになりましたもん」

「エイズが大流行するかもしれへんし」

「それは地震より、なんか嫌ですね」

「震災やウイルスが地球を滅ぼす前に」

ユリは歌うように続けた。

「屋久島とか、奄美とか、バリ島とか連れてってよ」

奇妙なものを見せ付けられたかのようだった。茫然としてユリを見た。ユリは両腕と背中を欄干に預けて、天空の星を眺めていた。

「行きたいなぁ、南の島」

「いや、何十万するんすか……何年かかるか……て言うか、俺じゃ一生かかっても無理ですよ」

「ええねん」

ユリは僕の言葉を遮って、改まった声で続けた。

「何年かかっても、無理かもしれんけど、『行きたい』ってだけで、それだけでええねん。問題なんて跳ね除けようとした時点で、半分は跳ね除けたようなもんやんか。分かった？　行きたいねん」

僕には『行きたい』が『生きたい』に聞こえた。そんな気がした。

「でも、俺らが、そんな長くいられるわけないじゃないですか……」

「そら、そうやなぁ」

ユリは飛び跳ねるように一八〇度回転して、欄干の上で腕を組み、顎をくっつけた。

「でもな」

ほんのわずかに目を細めて、川に向かって発した。

「めったにないけどな。何年かにいっぺんぐらいしかないねんけど、生きててホンマに良かったなって日があんねん。いっぺんでも味わったら、後の日がゴミクズみたいなんでも生きていけるねん」

それを見て奥歯を噛み締めていた。無力さと悔しさでずぶ濡れになった名前を付けることのできない感情だった。

「その、そういう日が、屋久島とか、バリ島とかなんすか……？」

「そう。南の島を目指してやっていくねん」

ユリは河川に向かって微笑んでいた。

「それが叶うまでは、ちゃんと立って、歩いて、ごはんを食べて、やっていかなあかんねん」

「それ……俺らからしたら、一番遠い生活じゃないすか」

「それでもあたしはちゃんと立って、歩いて、ごはんを食べて、やっていくことを目指したいねん。そんぐらいは欲張ってもええやん？」

ユリはゆっくりと僕のほうを向いた。

「……俺にもできますかね？」

「できるよ。きっと」

ユリの瞳はすべてを慈しむように優しかった。

「時間はかかっても。目指してさえいれば、少し形は変わるかもしれんけど、ちゃんと叶うよ。目指してさえいれば」

濃淡の混じる空を見上げたユリの声が僕を包んでいた。

僕たちはあした生きていることも知らなかった。五年後、東日本に大きな地震が来ることも、さらにその先、十四年後に新型ウイルスで世界が大騒ぎすることも。そして、もうしばらくしたら僕たち二人が二度と会えなくなることも。何も知らなかった。

水平線の青は、燃えつきた灰のように白くなっていた。夢の続きではないが、確かな現実とも思えない夜明けだった。

おじさんと呼ぶには若く、
友達と呼ぶには老けすぎていた

2006年10月

ユリと連絡が取れなくなった。二、三通メールを連投したが、すぐにやめた。「喪失感が無いか?」と言えば嘘になる。だが言葉にできない諦めのほうが強かった。あがく気も起きない、葬式の帰りのような寂しさだった。会いたい気持ちを意識的に力一杯掠れさせた。「男やったら」というユリの言葉を頼りに連絡を堪えた。

焼け跡を静かに慰めるかにも思える穏やかな秋の午後、床と噛み合わせの悪い椅子に座り、黙々と作業をしていた。吹けば飛ぶようなその古本屋は、よそよそしい大通りを抜けたうらぶれた小道にあった。

「ハンドラベラー」というその機械はグリップを握ると、値段が印字されたシールを作ることができる。切手を三分割したほどの小さな値段表を『少年マガジン』に貼り付けていくだけの、なんの才能も情熱も必要としない作業だ。

グラビアを飾る松浦亜弥の顔面目掛けて、「¥100」と印刷されたシールを次々と貼っていく。手に力を込めると同時に無慈悲な機械音が鳴り響く。店内には僕以外誰もいなく、本屋というよりまるでシール工場みたいだった。何も変わらない、いつも通りの日曜だった。

値札を貼られた『少年マガジン』はさっきまでと違って、少しだけ商品らしくなった。不要の烙印を押されて、ここに売り飛ばされた雑誌たちは「¥100」という価値を与えられ、もう一度人の手に渡ることを目指していく。「雑誌に意思の宿る話があったら、涙無しでは読めないな」

そんなことを考えながら、『少年マガジン』を親指でパラパラ漫画みたいにめくった。残像効果の中、様々なキャラクターたちが立ち代り紙面で踊っていた。『はじめの一歩』だけ読めればいいと思ったのだが、サッカー漫画の新連載が始まっていた。斜め読みしてみると、それなりに面白そうだった。

もう一度最初から読むか、とページを戻したその時だった。店のドアが開いた。

「おぉ、マガジンめっちゃ入ってるやん」

「平原さん。お疲れさまです」

「足りへん分、持ってきたで」

平原は店の常連だ。肩まで伸びた髪に不揃いの無精髭は、お世辞にも清潔感があるとは言えない。年齢を聞いたことはないが、おじさんと呼ぶには若く、友達と呼ぶには老けすぎていた。

「今日もありがとうございます」

「うし」

平原はリュックサックを会計カウンターに置いた。その中から『名探偵コナン』や『ONE PIECE』、『エンジェルハート』、など、十数冊のコミックを取り出した。タイトルはメガヒット作品ばかりだが、その巻数は五、十七、三十二など歯切れの悪いものだらけだ。

「ホンマにどうやって仕入れてんすか」

「いろいろツテがあんねん」

「凄すぎますよ」

古書店の悩みの一つに狙った在庫の仕入れがある。本が一冊売れると、ストックがゼロになってしまうことが多い。コミックスなどは巻数ものがほとんどなので、すぐに品揃えが歯抜けになりがちなのだ。

その抜けた巻数をいつも持ってきてくれるのが平原だった。本来ならば、一冊あたり数十円の買取価格のアイテムなのだが、背に腹はかえられないということで、三倍近い値段で買い取っていた。しかしその仕入れルートは謎に包まれていた。ページはほどほどに日焼けしたものばかりで、盗品とも思えなかった。

電卓を叩いて合計価格を出している間、平原は商品棚を見て、熱心にメモをとっていた。

「『水商』の十、『一歩』の四十一、『NARUTO』の三十四……」

般若心経を唱えるように、商品を指差し手帳に書き込んでいる。この歯抜け棚に、詰めるべき巻数を調べているのだ。

「平原さん、『DEATH NOTE』の一から六っていけます？ Lが生きてるとこだけ売れてもうたんすよ」

店内にある『DEATH NOTE』は七巻から本編最終巻の十二巻しか並んでいなかった。今月、エピローグである十三巻が出るらしい。

「『DEATH NOTE』、終わったとこやからな」

「全巻コミックスになると、まとめて買う人増えそうですよね」

「バラかセットかどっちで売んねん」

「迷いますね……」

両腕を組んだ。

「うし。セットやな」

「いや、決めんといてください。関係ないねんから」

全巻セットでパッケージして売っている作品がいくつかある。こうすると歯抜け在庫のリスクは減るし、一気に買ってくれる人も増えるのだ。ただ、もちろんバラ売りのストックも減るのだから痛し痒しだ。

「決断を求められる場面が、人生にはいきなり訪れるからなぁ」

「別に、ゆっくり悩みますよ。ていうかどっちでも売れると思うし……」

「悩むってのはあかん。ゆっくり『考え』なあかんねん」

平原は「考え」というパンチラインを強調した。自分の台詞に満足したらしく、二十代女子が生理的に毛嫌いしそうな気持ち悪い表情で笑っていた。

「とりあえずデスノ仕入れとくわ。なんか映画化もするらしいな」

「映画化って……それ、リュータ、どうするんすか?」

「なんで俺に聞くねん。まぁ布袋とかでええんちゃうか?」

「髪型だけじゃないすか……後、リュークはむっちゃデカイすよ、身長」

電卓を叩くと合計価格が出た。平原に二千円札と百円玉を一枚渡す。

「おい、まだ二千円札あんのか」

「使えるんで、それで我慢してください」

「別にええけどやな。しかし久しぶりに見たな、こんなもん」

「平原さん、はよ買い取り帳、お願いします」

「うし」

『買い取り帳』と書かれた大学ノートを引き出しから取り出して、平原に手渡した。古本を買い取った日付、住所、氏名、電話番号を書いてもらう必要がある。

平原は乱雑に記入した後、二つ折財布のマジックテープをビリビリやって、現金をしまった。財布をポケットにしまったところで、目線を僕が読みかけていた『少年マガジン』に向けてきた。

「お、エリアの騎士やん。おもろいよな、それ」

「まだ始まったばっかやけどおもろいすね。絵、うまいし。サッカー漫画あんまり読んだことないけど」

「そういや、昨日、サッカー見てたらバルサのフォワード替わっとったわ」

「外国のサッカーとか見るんすね」

「男子やからな。ロニーとか見てるだけでアガるやんけ。ロニーとかな」

別にサッカーを見る女子もいると思うのだが、気にしないことにした。平原を「男子」と呼ぶのにも、サッカー選手を愛称で呼ぶ「通ぶる」ところにも抵抗があったが、これも思考の隅に追いやった。

「ロナウジーニョ好きなんすね」

「ロニー嫌いなやつなんて、この世におらんやろ」

「凄いのは知ってるけど、そんなにいい人なんですか？」

「川嶋、お前、ホンマにロニーの凄さ分かってんのか？　ロニー嫌いやったら地球人やっていけへんぞ」

ロナウジーニョに抜き去られて、悔しそうに見つめる相手チームのディフェンダーが平原には見えていないのだろうか。それにあれだけ有名なアスリートならば、世界中に敵もいると思うのだが。

「途中からメッシってのが出てきたわ。しかも二点取りよった。おまけに川嶋、お前と同い年やで」

「変な名前……でも、十九歳でロナウジーニョとサッカーしてるんすか」

平原は発作的に笑いながら、「お前はマガジンにシール叩き込んで、メッシはゴールにボール叩き込んでるわけか！」と大きな声を出した。

自分でも眉間にシワが寄るのが分かった。殴りたかった。

「そのメッシもすぐ消えるでしょ」

「まぁな。背も低かったし、たぶん通じんやろ。欧州サッカー舐めんなってとこやな」

「古本屋が一番すよ」

「確かにな」

口の中から笑い声が漏れないようニヤつきながら、平原はドアを開けた。

「お疲れさまでした」

「ほんじゃ、またな」

平原がいなくなって、急にしんとしてしまった。

カウンターに『少年マガジン』を積みっぱなしだったことに気がついた。丸椅子から立ち上がって、外にある雑誌コーナーへ並べに行く。七冊の『少年マガジン』を抱えたまま、右肩でドアを開けた。


外に出ると、光が粉のように降ってきた。その年の秋はずっと晴れていて、毎日が毎日の続きみたいだった。

棚に『少年マガジン』を突き刺して並べていった。雑誌が埋まっていくと、薄汚れたクリーム色のブックラックが、みるみるうちにカラフルに染まる。

「これ、まだ売れるか?」

枯れた声がしたので振り返ると、そこにはどこをどう切り取っても一目でホームレスだと分かる男が立っていた。

「村中さん、お疲れさまです」

「なんも別に疲れてへんけどな……」

村中はチェック柄のバッグを地面に置いた。カバンは百円均一ショップで売られているものだ。ここら一帯のホームレスたちは、みんなこれを持っていた。村中は乱暴に両手を突っ込み、三冊の『少年マガジン』と二冊の『週刊ヤングサンデー』を取り出し、突き出した。世の中や人生は、ちっとも素晴らしくないと決めつけているような目つきだった。

村中から雑誌を受け取って、パラパラとめくった。

「状態良いすね。梅田のですか？」

「全部梅田のんや」

神戸線や京都線に乗れば、この町から梅田駅までは一駅で行ける。彼らホームレスは大阪最大のターミナルである梅田まで「遠征」し、売り物を調達していた。終着駅なので、車内やゴミ箱に雑誌を破棄する乗客が多かったようだ。

「マガジン三冊は六十円やけど、ヤンサンは無理っすね……」

「なんでやねん！　わざわざ梅田まで行ってきてんぞ！　そんなら電車賃払えや！」

「いや、無理ですし、て言うかそもそもキセルじゃないっすか……頼むから訳分かんないことだけは言わないでくださいよ……」

月曜発売の『週刊ヤングサンデー』はあした、最新号が出る。どうやっても買い取れないのだ。その日発売の雑誌は六十円、そこから一日経つと十円ずつ安くなるのが買い取り相場だった。

「もうそれでええわ！　早よせぇ！」

村中は目を見開いて怒鳴った。

「買い取り帳だけお願いしますわ……」

ため息をこらえた。

店内に戻ると、村中が後ろからついてくる。

引き出しから買い取り帳を取り出して、村中に差し出すと、舌打ちをされて、乱暴に引ったくられた。

親の敵のごとく名前を書く村中の指先を眺めていた。両手の爪という爪には、黒い汚れが染み込んでいる。厳しい生活を送る人間の手そのものだった。紙を押さえる左手には小指がない。傷口は明らかに切除されたものだと分かる、後天的な形状だった。村中はかつて暴力団の幹部だったと、横丁の店主から聞いたことがある。住所と電話番号の記入欄に村中は斜線を引いた。空欄では気が済まないのか、いつも住所欄と電話番号欄を袈裟斬りに切り落としていた。

「人生はな」

斜めにラインを引きながら、村中が急に深い声を発した。

「人生は、思う通りにならんけどな。人間は思う通りに生きなあかんねん」

僕に言っているのか、自分自身に言っているのか分からなかったが、「はい」と返事をした。意図せず本当に心から素直に出た返答だった。

店のガラスをふと見ると、立っている僕とノートに向かう村中が半透明に映っている。村中と隣り合わせた自分の間に線を引くのは難しそうだった。

レジを開けて、小銭を取り出す。

「これ、六十円です」

村中はお金を無言で受け取り、ドアを肩で開けて去っていった。

店はまた急に静かになった。誰か来ては去っていくたびに、まるで事切れたように静寂に包まれる。

ほこりの匂いの中、村中の持ってきた松浦亜弥に値札を貼り付けた。『週刊ヤングサンデー』の表紙で微笑む堀北真希にもお見舞いした。全冊売れたら二百四十円の儲けだ。

暇ができると、売り物の山本直樹や古谷実を読む。読みたい漫画がなくなったら、小説もいくつか読んでみた。特別好みも趣味もないので、適当に手を付ける。活字本も面白いものがあるのだな、とバイト中に知った。

中学の時に読んだバタイユだのセネカ、ソクラテスだのは記憶から一切消えていた。あれはいったいなんだったのか。

それにしても小説というのは、改めて凄まじい文字量だ。四百字詰め原稿用紙にすると、果たして何枚分になるのだろう。その上で文字の海をかき分けて、泳ぎ続けていく小説家を無条件で尊敬した。到着すべき島は遥か遠く、豆粒のようにポツンと見えたり、霞んだりしてしまいそうだ。不安にならないのだろうか。それとも、そういう次元ではないのだろうか。崇高な小説家の営みを作業として想像するなんて無粋な気もしたが、関西人というのは、そもそもが無粋なのだ。「粋」というのはやはり江戸の美学だ。

ちらほら本を買いに来る客もいたが、「人生は」などと言い出すおかしな者はもう来なかった。流れ作業の売買が行われ、その潮流の果てに夜が来た。

二十一時を過ぎたので、一枚ずつレシートの数字を足していった。売り上げは六千八百円だった。レジから今日の給料である一万円を取り出して、ジーンズのポケットに突っ込む。後はシャッターを閉めておしまいだ。店はどこを切り取ってもローテクなシステムだった。

宵の延長にあるような夜だった。暗いのに少しだけ明るさの可能性を秘めた秋らしい藍色が広がっていた。

コンビニでおにぎりを三つ買って帰った。

築四十年、木造住宅の二階に上がる。パチモンのコンバースの靴で、外階段を踏んづけるたび鉄の残響音がした。ワンルーム六畳ほどの部屋には、ベッドとブラウン管のテレビしかない。このテレビは後五年でアナログ放送が終わるので、使えなくなるらしい。おにぎりを胃に詰め込むと、眠りの扉が開かれた。

目が覚めると、深夜の二時だった。決めていたわけでもないが、予定通りの起床時刻だった。アコースティックギターを抱えてドアを開ける。暗闇の中、階段目掛けて足を降ろす。

二ヶ月ほど前から、深夜になるとストリートライブをするようになった。町の西と東を繋ぐ高架下のトンネルで歌い続けるだけの簡素なものだ。最初は億劫でもあったし、何よりも激しい羞恥心に拘束されて萎縮もした。

それでも路上で演奏を続けていた。何故だろう、と階段を金管楽器のように鳴らしながら考えた。

「悩むってのはあかん。ゆっくり『考え』なあかんねん」

ふと平原のニヤついた顔が浮かんだ。イラつくが、「悩ま」ずに「考え」てみた。ケースの中でギターが音を立てて揺れている。

「決断を求められる場面が、人生にはいきなり訪れるからなぁ」

また平原だ。うっとおしいが、言葉がやけに印象に残る。

僕程度の「人生の決断」なんて大したことではない。爆発物処理班の「赤を切るのか？　青を切るのか？」といったような大層な議題では決してないのだ。軽く勇気の量を試されるぐらいのものでしかない。僕にとってはそれが「道で歌う」だっただけの話だ。

ユリがいなくなってから、何もしないで時間だけが経過し、若さが目減りしていくことが怖かったのだ。バンドを組んでいたわけでも、胸を張って「音楽をしている」と言えるわけでもない僕にとって、路上は唯一の免罪符だった。頼りなくとも、一筋の糸のようだとしても、音楽と繋がることは、「俺は何の後ろ盾もない駄目な人間ではない」という自己肯定をもたらした。

トンネルに着いた。ギターを取り出してピックを当てる。丸裸のGコードが放たれ響き渡った。

歌声が淡々と大気に乗っていく。誰も聴いていないのに、イントロからアウトロまで、譜割り通りに歌い続けていた。

僕をうっとうしそうに睨む老人、泣きながら肩を組む親友のような二人組、古本屋の常連、歩きながら喧嘩をするカップル。幾人かの人間が流星群のごとくトンネルを通り過ぎて消えていった。

夜というには遅く、明け方というには早すぎる時刻だった。

「そろそろ終わるか」

独り言が漏れた。気持ちが冷めたら、曲の途中でも電源を抜いたみたいに終わる。音楽というものは、誰も聴いてくれなければ散り際、去り際がひどくいいかげんな仕上がりになる。

終了した楽曲にフェードインしてくるように西口側から、背の低い男が一人高架下に入ってきた。

メタルフレームのメガネに逆立った髪、この街のよそ者としか思えない高そうな服。なんとなく僕のイメージする「テレビ局のプロデューサーっぽさ」があった。

「兄ちゃん、いつもここでやってんな。いい感じなん？」

和やかな声と愛想がへばりついた表情だった。過度な笑顔で話しかけてくる初対面の人間を信用するとロクなことがない。

「え？　どないや？　ええ調子なんか？」

「はい、まぁ、いいですね……」

何がいいのか分からないまま、訝しげに答えていた。

「なぁ、わし、そこでメイド喫茶やってんねんけど、昼間来て歌わへんか？　ギャラも出すで」

「メイド喫茶ですか。あの商店街の？」

「せや『みるくはうす』って看板出してるやろ。知ってるか？」

「もしかして花火の時、カステラ売ってました……？」

「そうやそうや！　それわしの店や。そこで歌ってくれや」

「そういう店、聞いたことはありますけど……でも、そもそも俺、いります？」

「生演奏がある喫茶にしたいねん。興味ないか？」

「いえ、そんなことないです。全然やります」

興味があるというのは嘘だったが、ふたつ返事でＯＫした。プライドやこだわりなどなかった。

金さえ貰えれば何でもやる、というのが本音だった。それに「音楽で稼ぐ」という行為は、「音楽だけで生活する」という現在走っている道のゴール、高尚な領域に触れることだとも思った。

「今暇か？　店がどんなんか見に行こうや。こんな時間やったら店、誰もおらんから」

「分かりました。行きましょ。行かな分からんし」

『ＳＡＫＡＥＭＡＣＨＩ』と鈍く光るゲートを潜って、歓楽街の真ん中を歩く。行けども行けども春を売る店が立ち並ぶ。よくもこんなにも売るものがあると改めて感心した。

　街灯の下に立って客を引く大陸系の女、酒瓶を持って倒れている男、手相占い師に客引き、ホームレス、大声で喧嘩をしている若者。

　人間は努力によって変わるのでなく、環境によって変わる。ネオンさえなくなれば、この人たちも「ちゃんと立って、歩いて、ごはんを食べて、やっていく生活」を目指すようになるのだろうか、などと考えているうちに店に着いた。

　喫茶店の地下を無理やり掘ったとしか思えない狭い施設だった。店前には『みるくはうす』と書かれている青と桃色の看板がある。

　電気を点けると、店内の明るさはコンビニのようなけたたましさだった。眩い光とファンシーな造りの部屋に誰もいないのは薄気味悪かった。

「昼間はここでメイドさんがワイワイやってるんすか？」

「そうそう、みんなアイドル志望の娘ばっかりやから、わしはそっちの手伝いもしながら、ここで働いてもろてんねん」

「アイドル？」

「せや、こっちが凄いねん！　聞くか？」

男は僕の返答を待たずに両手を広げて熱弁し始めた。

「東京の秋葉原にはもうＡＫＢ48っていうグループがおる。去年出来たばっかやけど、毎日同じ劇場でライブしてんねん！　『会いに行けるアイドル』言うてな。まだメディアやら雑誌やらでは全然取り上げられてへんけどな？　これは来る！　あれをこの大阪でやんねん！　ええ小遣いになるど！」

ここにいる僕に喋っているというよりは、そもそも僕が見えてすらいないような感じがあり、空回りを滝のように浴びせられている気分だった。

「東京はメイドカフェとかシャレた呼び方してるけどな！　メイド喫茶でええねん、メイド喫茶で！　来る客は結局カフェやら何やらに怖気づいとるオタクばっかや。そいつらからなんぼでも取ればええ！　最高の方法があんねん！　写真や！　カメラ付き携帯のレベルも上がってきているし、オタクにアイドルと写真撮らせてそのまま金取んねん。在庫もいらんし元手もいらん！」

気味の悪い、背筋に鳥肌が全速力で走る話ばかりだった。しかしこの時、爬虫類の油の如き男の粘着性をもっとしっかり感じ取れていたならば、何かが違ったのかもしれない。

大量入社、大量退社が基本

2006年11月

秋の空気は清冽な水のように、胸に清々しかった。水色に澄んだ青空は気が遠くなるほど、高く晴れ上がっていた。

店に着くとメイドさんが看板を一生懸命磨いていた。太陽光がバケツの水に反射して、宝石みたいに光った。

「おはようございます」

「あ、今日から歌う人やろ⁉　よろしくね！」

幸せをかき集めたような笑顔だった。「ユキナ」という名札をつけたその人はキラキラした表情で看板を磨いていた。電灯もついていないのに『みるくはうす』の文字はこれでもかというぐらい光っていた。

「凄いピカピカですね」

「せやろ？　触ってみる？　音すんで！」

言われるがまま手のひらで触ってみると、キュッキュと洗い立ての皿のような音がした。

「これは凄い」

「看板はムチャクチャ綺麗なほうがええやろ！　掃除ってメイドっぽいし！」

「確かに、こんな綺麗な看板見たことないかもしれません」

濡れた真珠のように看板は煌めいていた。

ユキナさんから軽い説明を受けて、仕事が始まった。普通のバイトと比べると自由なものだった。

お客さんとメイドさんのジャンケンの歌を歌ったり、誰もが知っているスタンダードを歌ったり、伴奏をする係だった。お客さんを楽しませるのはユキナさんたちの役目だからサポートすればいいだけだ。性には合わないが、悪い気分はしなかった。

メイド喫茶というものを初めて肌で知ったが、カルチャーショックの連続だった。

オプションというものがあって、メイドさんとジャンケンをするのに千円、同席して会話をすると二千円かかるのだ。ツイスターとかいう体が触れ合うゲームに至っては、五千円もかかる。

（狂ってんな……）

心の中から声がしたが、すぐに聞こえないフリをした。こういう世界もある、と思い込んだ。

その日は二時間ほどの稼動で五千円のギャラだった。ありがたい収入だった。ただ、「この女の子たちとのツイスター一回分か」と思うと、価値があるのかないのか分からなくなった。

数週間経つ頃には僕もずいぶんと店に馴染んでいた。自発的に看板磨きや掃除などの雑用もするようになった。

まともにバイトができたのは、ハンバーガー店やコンビニを軒並みクビになった僕にとって、古本屋以外では初めての経験だった。正直楽しかった。

お客さんたちはいわゆる「アキバ系」の人たちだったが、意外にも明るくて気さくな連中だった。「オタクは暗くて閉鎖的」というのは偏見で、むしろアルコール抜きでハイになれる彼らは、じつに健全な人間に見えた。諸々の金銭感覚に呆れはしても、嗤う気にはなれなかった。

いつの間にか彼らのことも メイドさんのことも、好きになっていた。

メイドさんたちは、僕が「食うのに困っている」と言ったら賄いを作ってくれたし、真昼のような優しさで接してくれた。オムライスにハートや相合い傘を描かれるのは勘弁してほしかったが、それも含めて甘酸っぱい喜びがあった。

その中でもユキナさんは逐一、僕に親切にしてくれた。

「甘やかしすぎだよ！」とみんなにからかわれることもあったが、それも笑いの中心にいるようで居心地がよかった。ユキナさんの優しさにもたれかかるように、日常的に世話になってしまっていた。


「一週間分の献立で作っといたで！」

ある日の帰り、ユキナさんがトートバッグを渡してくれた。中にはタッパーがいくつか入っていた。

「献立、って何ですか？」

「この順番で食べるってこと！　あの訳分からんパンばっか食べてたらあかんよ」

僕の主食はチョコスティックのパンだった。安上がりで腹が膨れるのが気に入っていた。

「あれはあれで美味いんですよ」

「でも野菜とか全然食べてないでしょ？」

「最悪ヨモギでも摘もっかな、淀川で」

冗談のように笑って言った。

「ホンマにやりそうで怖いわ！」

ユキナさんは僕の肩を叩いて笑った。義務か聖職かのように明るさを振りまく人だった。

一週間分のメニューはじつに豊富で味も素晴らしかった。誰かが作ったものを前にすると、「頂きます」という言葉が自然と出てきた。僕の暮らしにおける「摂取」が「食事」という人間の営み、文化的儀式に昇華した瞬間だった。

それを食べている時、僕は「ちゃんと立って、歩いて、ごはんを食べて、やっていくこと」そのものの中にいることに気がついた。

ユリも今ごろこの枠組みにいればいいな、と懐かしさがほんのり灯った。「懐かしさ」という言葉には、それ自体に目を細めてしまうような眩しい響きがある気がした。


オーナーである、あの爬虫類男も言っていたが、メイドさんたちは、それぞれが歌手やアイドルのような活動をしている。その合間にアルバイトとして、メイド喫茶に勤めているのだ。店はバイト先でもあると同時に、芸能事務所の機能を持っていた。ユキナさんも歌手を目指す女の子だった。

僕がいつも通り演奏の仕事を終えて、バックヤードで帰り支度をしている時だった。バタンとドアを開けて、ユキナさんが入ってきた。

「あ、お疲れ様です」

「あれ、もうお帰り？」

「はい、もう今日はお客さんもおらんし……」

「最近、寒くなって暇になってきたもんなぁ。大丈夫？　ちゃんと食べてる？」

「作ってもらったの食べてますし、なんか体重増えてきた気します」

本当に増えた気がしていたのだ。

「増えた気って何よ！　計ってないん？」

ユキナさんは楽しそうに言った。

「だって俺、体重計持ってないですもん」

「勘で体調管理すんのやめよな！」

ユキナさんは、指名Ｎｏ・１のメイドさんだったが、まったく気取っていなかった。この明るさと優しさにルックスの良さまでついているのだから、人気なのはうなずけた。

少し間を置いてから、ユキナさんが口を開いた。

「なぁ、前から聞きたかってんけど……一人で音楽やってるのつらいとか、寂しいとかないん？」

急に聞かれて、腕を組んで黙ってしまった。そんなこと考えたこともなかったからだ。それなりに格好つけて教養も見せたいし、見栄も張りたかったので、なるべく明確な答えを探したが思いつかなかった。

ぐずぐずしているうちにユキナさんが「たとえばやけどね」と念を押すように発した。

「一人で山に登ったり旅に出ても、孤独は感じへんやん？　街にいたり、学校にいたほうがよっぽど独りぼっちな気しない？」

「たしかに……」

分かったふりをするしかなかった。分かりそうで、分からない線上に置かれた言葉だった。

「たぶん孤独って一人の人間にあるんじゃなくて、たくさんおる人間と人間の隙間みたいなとこにできるんかなあって」

どこがかゆいのか分からないような気持ちだった。かゆさは確かにあるのに、うまく拾えない自分がもどかしかった。

「そういう意味じゃ、俺は一人ぼっちなおかげで寂しくないのかもしれないです……ユキナさんはやっぱ人気者やし、その分大変なんかも……」

ユキナさんは唇を噛みながらうつむいた。ここではないどこか。僕ではない誰かを見ているようだった。

ユキナさんの目が、たまにこの暗い色に染まることを僕は気づいていた。一度の瞬きで消えてしまうような、誰も気づかないほんの一瞬のことだったけど、ユキナさんはみんなと冗談を言い合っている時、ふとした拍子に一人だけまるで別の場所にいるような表情をすることがあった。

「大丈夫ですか？　俺は難しいことよく分からんけど……」

目の色は暗いままだった。ユキナさんがこんなふうになっているのを見るのは初めてで、胸の頂を突かれているかのごとく心配が痛覚を刺激した。

「でも、俺もいつも『楽しい楽しい！』みたいな感じでもないです。寂しいとかはないけど、習慣というか……なんか改めて考えたことなかったです。すみません……何も言えなくて」

言葉数で不安を拭おうとするほど、何を言いたいのか自分でも見えなくなった。さらに重ねようとした時、ユキナさんが「ごめんな、変なこと言うて。大丈夫！」と笑った。

ユキナさんはいつもの笑顔になっていた。それだけで全身の毛穴から疲労が浸み出すような安堵に包まれた。

「いえ、お疲れ様でした……なんか分からんけど、元気出して下さい。そんで、あと、いつもありがとうございます」

「大丈夫。ありがとう」

色の薄いきちんと整った唇が、優しい形に笑いを作った。

店を出ると宵闇の歓楽街はクリスマスに向かって活気づいていた。まかないの入ったコンビニ袋をぶんぶん振り回して歩道の端っこを歩いた。

(心配やけど、でもあんなふうになれたらええなあ……無理やけど)

誰に対しても分け隔てなく、太陽のような光を与えられるユキナさんに憧れていた。

ユキナさんのボーカルを聴いたことはなかったけど、「多くの人々を勇気づけるシンガーってこういう人がなるのかも」と思っていた。それは歌唱力やセンス、才能なんかよりも重要な本質のような気がした。

翌日、ユキナさんは店を辞めていた。

「ユキナ辞めたわ。今日一人少なくなるけど、うまいこと回しといてくれや」

爬虫類のオーナーが珍しく朝から顔を出し、眠そうにそう告げた。

「あ、ユキナさん辞めちゃったんすか」

「まあ、この世界入れ代わり多いしな。大量入社、大量退社が基本や。芸能はどこもそうやろ」

「そうすか」

なぜか平常心を装った。自分でも何が「そうすか」なのか理解できなかった。

メイドさんたちがユキナさんの話をしていても、気にしていないポーズをとっていた。でも本当は違っていた。正体の分からない、想像を超えた、驚けばいいのか、泣けばいいのか、叫べばいいのか、苦しめばいいのか――そんな出所の見えない感情にただ反応できないだけだった。

散らかった感情と、昨夜のユキナさんの暗い目の色が頭を延々と駆け巡った。ユキナさんの連絡先は知らなかったし、キャストのみんなに聞くのも不自然に思えた。得体の知れない烈しい寂寞《せきばく》と哀愁の中、手応えのない一日が終わった。

年が明けて店は摘発された。

オーナーが売春の勧誘や斡旋の疑いで逮捕されたのだ。『みるくはうす』は飲食店の経営をしながら、夜はメイドさんたちの売春の温床だった。

僕はガサ入れの日も店におらず、事情もオーナーの逮捕で知った。世間と同じ情報しか得られなかった。身内なのに完全な部外者だった。

あの頃の大阪にはそういった業態の店がいくつもあったという。それらが一斉に摘発された。

大阪だけではなく、名古屋の新栄、仙台の国分町、札幌のススキノ、博多の中洲など地方の歓楽街でも同じようなことが起きていた。

東京での石原都知事による歌舞伎町浄化作戦の余波らしい。二〇〇四年を境に違法風俗店の摘発や暴力団の締め出しが加速した。時代が『夜の街』を裁き始めたのだ。

大阪は特に『みるくはうす』のような芸能プロと違法風俗が裏提携しているものが多く、その実情はCDの制作費、レッスン代を法外に設定し、アイドルたちに自己負担させ、最終的に彼女たちの体で負債を回収していくシステムだった。

三六〇度ビジネスとしては完成度が高く、億に近い金が動いていた。膨らんだ元手は川を作り、金主に流れ、ヤミ金、特殊詐欺といった闇経済の海へと溶けていった。

だけど、そんなことは僕にはどうでもよかった。

ユキナさんたちは、知らない男たちに買われていて、自分はそれを知らないまま、調子に乗って歌っていた。その間抜けぶりを振り返ると胃が気持ち悪くなった。まるで労働による父親の心痛を知る由もない赤ん坊のような無知さが許せなくて、自分の顔面を何発も殴った。

彼女たちを買っていた男たちを今からでも殺してやりたかった。でも自分にはそんな権利もないし、手段もなかった。ただただ何も知らなかったことが悔しくて情けなくて、もう一度あの日から、あのオーナーが現れた日からやり直せないか、と天に祈った。

店のことを一刻も早く忘れようとした。もう何も思い出したくなかった。だけどあのバックヤードで聞いたユキナさんの「つらいとか、寂しいとかないいん？」が耳鳴りを通して蘇る夜がある。

しかし誰にだって刻み込まれてしまった声があるのではないだろうか。それは消したくても、忘れようとしても、一時的に抹消できたとしても、恐らく一生消えない。幻聴みたいにふとした時に疼くように鳴る。

事件からちょうど十年後、リリースツアー中に僕のバンドはこの街でワンマンライブをやることになる。

リハーサル後、行くあてもなく一人、街を歩き回った。かつて自分がいた場所を訪れてしまうのはなぜだろう。あの頃の自分が、まだ違う時間軸で暮らしているからだろうか。

住んでいた木造住宅は駐車場になっていて、高架下と駅回りは『大阪二〇一一年問題』のどさくさに紛れ改装されていた。「にらみ豆腐」の飲み屋は横丁自体が全焼していて、十五階建てのマンションには「KEEP　OUT」の文字が踊る黄色い立ち入り禁止テープが張られていた。古本屋だけは時代に取り残されたのか当時のままで、河川敷の向こうに望む梅田は、当時の面影も無いほど巨大な駅になっていた。

何もできないパトロールのように街中を見回った。北野中学校の生徒が何人かで固まり笑っていた。この中の誰かも有名な弁護士、府知事になるのかもしれない。

iPhone7の液晶画面は戻らないといけない時刻を表示していた。ライブハウスに戻るには『みるくはうす』の前を通らないといけない。その時、あの場所を避けていたと初めて自覚した。いや、どこか意識的に尻尾を巻いていたのだろう。

過去の恥を脳内再生すると、声を出して顔を覆いたくなる。体育座りして膝の間に顔をうずめたくなる。気がつくと、避けていた自覚はますます解像度を増した。店へと近づいてくるにつれ、歩みが重くなる。眠っていた恥が鮮明に脳裏に浮かび出し、滅入るような侘しさが全身を包んだ。『みるくはうす』の跡地は廃墟化していて、残骸だけが散らばっていた。メルヘンチックな扉はそのまま朽ちていて、足元のコンクリートは何度も金づちを振り下ろしたように砕けていた。

この十年、借り手もつかなかったことを証明する荒れ方だった。あの快晴の日、ユキナさんに磨かれていた看板は無残に割れて、ひどく汚れていた。震える腕を伸ばして触れると手のひらが真っ黒に汚れた。もう何の音もしなかった。

血の代わりに心臓に氷水

2007年 1月

『みるくはうす』が摘発された後も、僕はストリートで歌い続けていた。

高架下で歌う非日常はすっかり日常に変わり、慣れと共に歌う時間も伸びていた。

その日も人々があしたのために眠る中、声を張り上げていた。次第に夜霧は下りて、声も音色もアスファルトも湿り出していく。ここから先の時間帯は、あしたを諦めた者しかいなくなる。歓楽街の落ち武者と化して、夜と明け方との間に挟まって出られなくなってしまった人間たちが徘徊する。

声が枯れ始めた頃、手足が冷え切っていることに気づいた。時節はすっかり白い牙を剥いていて、空気は凍てついていた。下がった体温を区切りに演奏を閉じることにした。

寒さに震えながらギターをしまうと、ケースのファスナーが布に噛み付いた。閉まらない苛立ちで立ったまま貧乏ゆすりをする。「クソッ」と舌打ちして、全力で逆側に引くとかろうじて開いた。さらに指先に力を入れると、詰まりが取れてスライダーが滑った。安心し、肩から力が抜ける。

ギターケースと格闘していたせいで、硬い靴音が通路に入ってきていることに気づかなかった。ヒールの音が速くなって、サウンドの主は倒れ込むように反対側の壁に座り込んだ。明るい髪の色に、黒目がちの目がこちらを向く。それは間違いなくユリだった。

驚きで意識があの世まで飛んでいきそうになった。しかし平静を装い驚嘆の声を錠剤のごとく飲み込んだ。

「久しぶりやん」

「どうしたんすか？　て言うか、どうしてたんすか……？」

「尾崎の『I LOVE YOU』歌って。得意やったやろ？」

「いや、別に得意じゃないですよ。とにかくどうしてたんですか？」

「なんなん？　しつこいなぁ。言わなあかんの？」

ぐっと癪に触った。しばらく黙っていたが、言い返す警句が浮かばない。笛を吹くように息を吐いて怒りを飛ばしながら、今一度地べたに座り込んだ。ケースを開けて一弦ずつチューニングをした。

「はよ、聴きたいなぁ」

ユリは温泉に浸かるみたいに足を投げ出した。

膨れながら、イントロを弾いて歌い始めた。高架下にふてくされた『I LOVE YOU』が響いた。寒気で声が出にくい。

ユリは携帯電話をカチカチいじくりながら聴いていた。そのカチカチが終わる前に僕の尾崎は終わってしまった。ユリは潜水から浮上するように顔を上げて、vodafoneの携帯電話を地面に放った。ストラップが響きを欠いた孤独な音を立てた。

「やっぱええやん、尾崎」

そう言って手を四発だけ叩いた。乾いた反響音が鳴っては消える、泡のような拍手だった。

「俺の思ってること言っていいすか……？」

「そら、あかんわ」

急にありきたりな悲しさが胸に湧いてきた。

「いくらなんでも……それなりに、ですけど、言いたいこととか、ありますよ」

声が震えていた。涙だけは流すまいと、涙腺に全力を注いだ。

ユリは微笑みを深くして言った。

「映画にしろ小説にしろ、たまにやけど、『いつまでもこの世界の中で遊んでいたいなぁ』って気持ちになる時あるやろ?」

ユリの声は、希少な壊れ物を扱うような丁寧さがあった。

「あんたと過ごしてた時間はそれやねん」

口元を綻ばせて、言葉を僕の前に置いた。

遠くのほうでは、叫び声や笑い声が鳴り続けている。昼間という位相の中では役に立てない人間が目を覚まして、断末魔の声をあげている。

「『フラグメンツ』読みましたよ……山本直樹の」

自分でも何を言い出すのかと思った。

「あ、あたしも。いいよなぁ」

狭いダクトのような高架下の端から端へと僕とユリの声が飛び交った。

「mixiはもう書かないんすか?」

僕とユリの間をたまに人が通り、そのたび会話が途切れた。しかし会話のキャッチボールがゆっくりになるのは存外心地良かった。

「なんかなぁ、飽きてもうてん」

「そもそも、あんま向いてなさそうですよ」

「でも、ｍｉｘｉはええよなぁ……」

ユリは焦点の合っているような合っていないような目でつぶやいた。

「飽きたんじゃなかったんですか？」

「飽きたよ。でもな、みんな心に穴が空いてるやん。それを何かで埋めないと生きていけへんねん。埋められるならもう何でもええねん」

「あの『新着コメントが！』ってやつでですか？　あんなもんで、心の穴が埋まるんですかね」

「まぁあたしはもう書かへんと思うけど」

冬の夜を歩く人々の腰のあたりで、言葉がたやすくとろけていく。頭の高さが変わるだけで、誰からも気づかれていないような、特別な存在になった気分だった。

「いろんな人のこと見上げながら喋るの、楽しいなぁ」

ユリは小首を傾げて笑った。

「惨めにならないんすか？」

「ぜんぜん」

ユリは「ねぇ、なんでこんな遅い時間に歌ってるん？」と足を伸ばして自分の膝を触った。同じ姿勢で痛んだ腰を伸ばすためだろうか。

「歌っていれば、有名になれば、この空しい日々を塗り潰せるんすよ」

「いや、そうじゃなくて、時間遅すぎるやん。もっと早よから演《や》らんと聴いてもらわれへんやろ？」

先ほどと打って変わって、まくしたてるような口調だった。

「いや……早すぎると目立つじゃないすか」

つい怖気づいたように答えてしまった。

「誰かに聴いてほしいんじゃないん？」

「聴いてほしいけど、多すぎても嫌なんですよ」

「なに？　ビビってんの？」

「別に……」

少し考え込んで、抱えていたギターを軽く引っ掻いた。チャリーンと音が伸びる。

「でも、そういうことってあるじゃないすか。欲しいけど、あんまし多すぎると、そういうんちゃうしな……みたいな」

「あ、それなら分かるかもしれへんわ、ごめんごめん」

ユリはからかうように笑った。白い息が広がった。

いつの間にか、僕は無意識に音楽的にギターを引っかいていた。必要か不必要か分からないアルペジオを弾きながら、ユリの顔を見ていた。

人生には「なかったとしても困らないようなもの」が本当に多い。このアルペジオがあってもなくても、僕たちの人生は絶対に変わらない。僕にとってのユリは、ユリにとっての僕は、「なかったとしても困らないようなもの」なのだろうか。

ユリはまた腰が痛くなったのか、「うーん」と唸って姿勢を変えた。

「あんな、あたしの友達が夫にサンドバッグにされてんねん」

なんとなくだが、別段何の根拠もない直感のようなものだが、これはユリ自身の話なのかもなと思った。血の代わりに心臓に氷水を灌ぎ込まれたような寒気が走った。

「その娘な、ずっと殴られてんのに、その男から離れられへんねんて。アホじゃない？」

ユリは透き通るほど明るく、自然に笑っていた。

「アホかは分かんないですけど……」

「自分やったら離れるやろ？」

「分からんけど、俺はたぶん、離れますよ」

「じゃあやっぱその娘、アホやん」

ユリは寒そうに吐き捨てて、またvodafoneをカチカチ打った。

「殴られたくはないけど、離れたくない……とかもあるんじゃないですか？」

薄い氷の上を歩く時みたいに、用心しながら口を開いた。

「あぁ、それはあるんかもしれへんなぁ……」

落胆の気配を匂わせて、でも心が少し緩んだようにユリは続けた。

「みんな、ちゃんとしてる部分もあるし、酷い部分もあるもんな……」

「まぁ、根っからの悪人とか、根っからの善人なんておらんのかもしんないすね」

出口を見て、必要以上に気にしていないふりをした。

「ねぇ、もういっぺんなんか歌ってや。できれば最近作ったやつ！」

ユリは僅かに声を弾ませて、愛嬌を帯びた目で笑っていた。僕もその笑顔をくすねて笑った。

「言っとくけど、尾崎と比べられても困るんですけど」

「ええねん。自分で作ったやつ聴かせてよ」

「そんじゃ、新しく作ったの歌ってみますね」

作ったばかりの曲を歌った。夕方、淀川を歩いた時のことを書いたものだった。自分の言葉に紡がれたフレーズがトンネルに反響した。

ユリは膝を抱えて、目を細めたまま聴いていた。この表情をしている時のユリには、幸福を欲張らないような清貧さがあった。

演奏が終わり、また手を叩く音がした。泡が高架下の天井に跳ねて消える。

「けっこうええやん。尾崎ぐらい」

ユリは笑いながらそう言った。

「みんなそう言ってくれたらいいんすけどね」

嬉しいような悲しいような心地だった。

「この歌を、一生懸命作ってんなぁ……」

「そうですね。あれからも、ずっと歌を作り続けてますね」

「そっかあ」

煙ったような青白い夜明けの光が、トンネルに差し込んできた。午前六時、朝の足音が聞こえてきていた。明るくなるとギターを弾いてはいけないような気がしていた。太陽の下でこの時間を続けると苦しくなってしまう予感があった。

「朝かぁ、しんどいな」

ユリが手でひさしを作り、トンネルの出口を見た。

「なんでこんなしんどいんですかね」

「有意義なもんがいっぱいやからちゃう？　朝なんて」

「あんまし意味ないもんが好きですもんね」

僕とユリは「なかったとしても困らないようなもの」が好きだった。たぶん自分たち自身も「なかったとしても困らないようなもの」だったからだ。だけど世の中では、それを堂々と振りかざすと裁かれてしまうのも知っていた。

「朝の悪口なら、なんぼでも出てきますね」

「あたしも」

ユリは笑いながら大きな声で「通知表付けられてるみたいでうっといねん！」と通路の出口に向かって叫んだ。

一瞬びっくりした。でもすぐにおかしくなってきて、大声で笑った。ユリもつられて腹を抱えていた。僕とユリはなんだか、いろんなことがおかしくて、しばらく火が点いたように、涙が出るほど笑い続けた。

ひとしきり落ち着くと、ユリが涙を拭きながら「でもな」と言った。淀川の上で聞いて以来の「でもな」だった。

「『一生懸命に明るく生きることだけが世の中の暗闇を照らし、人間を救うことができるのは日常に生きる人間の明るさだけ』らしいで」

「吉本ばななすか？」

「うん。読んだん？『ばななブレイク』」

「古本屋ですからね」

「変なプライド持って働いてるエリートみたいやな」

「プロの古本屋ですから」

「週、何回働いてんねん」

「一、二回。ダルかったら行かん時もあるけど」

「たぶん大阪で一番意識低いプロやで」

ユリの声は華やかに澄んでいた。

「でも『人間を救うことができるのは日常に生きる人間の明るさだけ』って言葉は、俺みたいな救いのない人間には辛い話でした」

「それでも、あたしは明るい人間になりたいなぁ！」

ユリがまた出口に向かって大きな声を出した。

「期待してます」

寂しいが、嬉しかった。

ギターをしまう。体を上にねじ上げるようにして腰を上げる。すっかり寒さに体は固まっていた。

「ちゃんと立って、歩いて、ごはん食べて、やってかなあかんねんで。死んじゃうまでは！」

ユリが膝を両手で叩いて跳ねて立ち上がった。

「お互いさまですよ」

「じゃあ、もう行くね。またね」

ユリは微笑を口元に添えて、朝焼けの照らす西口へと歩いていった。凛として、決然と背すじを伸ばして。

阪急の始発が線路を叩く音がする。鳥の鳴き声が夜の感触を消していた。明けたばかりの空が朝の冷気とともに新鮮に輝いている。通勤前のサラリーマンや朝練前の中学生が白い息を吐きながら、こぞって一日に立ち向かっていく。

ユリの「またね」は「永遠にさようなら」と違いない「またね」だった。それでも「またね」と言ってユリは消えた。

僕はこの日からちゃんと立って、歩いて、ごはんを食べて、やっていくことにした。一生懸命に明るく生きるために。

弁当製造員どころか弁当そのもの

2013年 1月

『俺がとってもいいこと教えてやろう。お前は今、病気だ。お前には腐るほど道があるのに、勝手に自分を追い込んでる。周りが見えなくなって、一番ヤバそうな道を自ら選んでる』

古谷実の名作『ヒミズ』のセリフが鳴りやまない夜がある。決まって「俺は健常じゃないのだろうか？」と不安になる。だけどユリの言うように、負い目なく生きている人間などいない。それと同じで病気じゃない人もいないんじゃないだろうか。

ただ、それでも『ちゃんと立って、歩いて、ごはんを食べて、やっていくこと』を諦めるわけにはいかない。患った人間こそ目指さないとならない。

年末のイベントを終えて、僕たちは制作に入る予定だった。

音楽フェスの活性化に伴い、ロックバンドのスケジュールはどこも似たり寄ったりになりがちだった。年明けに制作とレコーディングを行い、夏前にCDをリリースする。そしてその楽曲の版権提供、もしくは出稿料を雑誌社、放送局に支払うことで、大きなイベントに出演する。身の丈以上のステージを重ねて、ファイナルであるワンマンライブの動員数を増やしていく。これの繰り返しだ。

いかに「人気」というものが人工的であるかが分かる話だ。

上京してからコンビニ弁当製造のバイトをしていたが、あの弁当そのものになった気がした。弁当作りなんてロックスターのやることではない、と思っていた。工場勤務の日々が終わった時は嬉しかった。しかし音楽漬けの生活は弁当製造員どころか弁当そのものになることだった。バンドたちはベルトコンベアーの上に載せられ、シーンへと大量に出荷され、消費され、過剰供給になれば廃棄されていく。

赤坂に何度も足を運んだ。事務所に入ると、USENから『女々しくて女々しくて女々しくて』と大成功した音楽が流れてくる。この歌は供給が足りていないのか、渋谷でも六本木でも下北沢でも新宿でも耳にした。きっと大阪や名古屋、仙台でも同じ現象が起きているのだろう。

「いつレコスタの予定立つんすか？」

「今、ちょっと立て込んで……」

佐々木という男が尻窄みに呟いた。

マネージャーは、あまり僕たちの前に姿を現さなくなっていた。年明けからはこの佐々木が窓口になっていた。眉がハの字の、なんとも気の弱そうな社員だった。

「サポートの予定も立てないといけないんですけど」

徹也がぼやくように言った。

「なんとか今週中には……」

「……」

シンイチロウは無言で佐々木の返事を聞いていた。

二人とも別現場でプレイヤーとしての仕事を抱えていた。真っ白い会議室には時折空調の音だけがして、沈黙が何度も訪れた。佐々木はいつもハッキリとした答えを言わなかった。

フルアルバムのリリースで夏に弾みをつけていくスケジュールは破綻しつつあった。焦れば焦るほど、事務所の姿勢に苛々した。何かをしないと、どうにか世間に動いている様を見せないと、弁当は廃棄どころか、棚にさえ並べてもらえなくなる。

焦燥感から赤坂に行く回数を増やした。

「佐々木さん、アルバムの曲数はどうするんですか?」

日が経つにつれ、自分の声が威圧的になっていることが分かった。

「いや、ちょっと自分に聞かれても……」

「そしたら、聞いて答えられる人間座らしてくださいよ。意味ないんで」

「いや、今は自分しかいなくて……」

佐々木はずっと汗を拭っていた。

「アルバムの曲は書いといて、いいんですよね?」

「はい、それはもう……」

「書きますよ?」

何週間経ってもレコーディング、リリースの予定は決まらなかった。時間だけが消費されていった。事務所の働きかけは何一つ無いまま四月になってしまった。

微動だにしない僕たちと裏腹に他のバンドたち、同業者たちはしっかりと夏前に出荷されていく準備を整えていた。もう動き出さないと間に合わないところまで来ていた。

「アルバムの予定だったけど、やっぱりシングルで」

久しぶりにマネージャーから送られてきたメールには、ただそれだけが書かれていた。

衝動的に叩きつけられた僕のｉＰｈｏｎｅ４は、その字が読めないぐらいこてんぱんにヒビ割れ、整理することを途中で諦めたいくつかの衣服の上にぽてんと落っこちた。

東京の住まいは大阪の木造住宅よりはマシなものだったが、どこに住んでも、その場所を陰鬱にしてしまう自分をまた少し嫌いになった。

誰にも期待しないことを部屋の中で一人決意した。それは希望とはかけ離れたものだったが、動き出さないと自分もバンドも本当に終わってしまう。

切れかかった蛍光灯の点滅と自分たちの余命を思わず重ね合わせた。

「ふざけるのも大概にしろ！」

「何もやらんと思ったんで、自分でやっときました」

「おいこら！　殺すぞ川嶋！」

マネージャーが椅子を蹴り飛ばすと、乾いた鋭い音が会議室に響いた。プラスチックの足が無残に骨折した。

「殺す殺さんの話はどうでもいいすよ」

留守番電話の音声ぐらい機械的な自分の声に少し驚いた。

マネージャーが腕を組んだまま、鬼のような形相で睨んでいる。太い腕とこめかみに、血管が縄の如くまとわりついていた。

僕たちは新曲を制作し、自腹でレコーディングをした。そして各音楽ニュース会社にプレスメールを送りつけた。すべてが無断だった。小さな子どもがエレベーターのボタンを連打するように、入ってしまった反抗のスイッチを押しまくった。

アーティスト本人が所属事務所を飛ばして、他社と勝手に関わったのは大きな問題となり、会社の上役はあちらこちらに頭を下げに行くことになった。

「この腕で殴られたらひとたまりもないな」と内心怯えつつも「この人と話したのは何ヶ月ぶりだったかな」などと緊張感のない考えも散漫していた。

「とにかくな……こんなことしてたら、面倒見切れないからな」

マネージャーは怒りを抑えるようにゆっくり言った。その声を聞いて、衝動的にエレベーターのボタンを潰れるほど連打したくなった。

「面倒見てたつもりなんか。大丈夫か？ 心配やから言うといたるけどな。自分が使っている言語と相手に伝わる意味合いに齟齬《そご》がないか、ちゃんと吟味して喋ったほうがいいぞ。あらぬ誤解を生むからな。これはお前の今後の人生、及びお前みたいなやつに関わってしまうバンド、作品、その先にいるファンを心配してのことや。分かったか？」

言葉に針と棘を詰め込めるだけ詰め込んでパッケージした。空調が二人きりの部屋でゴーッと音を立てて、沈黙はじっくり焼かれているみたいだった。

「まぁ、もう辞めるわ。気色悪い。じゃあな」

席を立った。マネージャーの血走った目がこちらを睨んでいた。何の感情も湧かず、自分でももうこの人物に何一つ期待していないことが分かった。

ドアを出ると、棚に数枚飾られている所属アーティストのゴールドディスクが目に入った。普段意識しなかったのに、何故か目に留まった。ＵＳＥＮは飽きもせず『女々しくて女々しくて女々しくて』と歌い続けていた。

会議室の中からまたバァンと鳴って、ＵＳＥＮの歌声がかき消された。もう一つ椅子が壊れた音だった。唾を吐いてビルを出た。


威勢良く辞めたはいいが、そこからが大変だった。とにかく資金が足りなかった。車、制作、プロモーション、日々の暮らし、世の中には金のかかるものしかない。

人間は息をしているだけでも銭を食うが、バンドは結成してから生き永らえているだけで現金を吐き出し続ける。生まれた時点で苦しみを背負う宿命にあるのは人も楽隊も同じだった。生物は死ぬのが一番のエコなように、音楽家たちも解散するのが一番エネルギーを食わない。

個人債務がどんどん削られ、住民税や国民健康保険、年金もロクに払えなくなっていった。長方形にバーコードが印刷された紙切れが合体し、巨大なモンスターと化して襲いかかってきた。

だけど徹也とシンイチロウを不安にさせたくなかった。見損なわれる恐怖心とこの進路を決めた自責の念が半々で混ざっていた。「俺に任せろ」と、怯える心を隠して、徹也とシンイチロウを鼓舞していた。これが「一番勇気のいる道」だと思っていた。勇気を振り絞らないといけなかった。

あちこちの会社を訪ねて、出資を募ることにした。できるのか分からないがやるしかなかった。来る日も来る日も「出資元になってくれ」と企業の門を叩き続けた。

「今後出た利益、権限全部譲るんでお願いします！」

「まぁ、大変だよね。考えとくからさ。ツテも当たってみるよ」

「お願いします！」

「でもね、今はどこの会社も苦しいよ」

「はい……お願いします」

やりとりは瞬く間に終わって駅へと戻る。毎日がこれの繰り返しだった。

音楽業界とはずいぶん節操のないもので、イベント制作、グッズ製作を手がけながらタレントのマネージメントにも手を出す会社が無数にある。所属アーティストの権利を独占できるのだから、ワラジは二足も三足も履いたほうが得なのだ。

電気通信事業者が一〇〇％出資の事務所まである。所属する俳優を自社の携帯キャリアCMに起用し、CMソングは契約しているバンドのものにして、映画やドラマの制作委員会まで押さえる。こうなると独占的に自家発電にできる。楽曲の出版権も自社持ちなので、曲を使えば使うほどに金になる。

日に日に自分が「音楽」をやっている感は薄れていき、「考えとくからさ」だけが積み上がっていった。

二、三度会っただけの、顔見知りとも言えないような業界人を訪問し続ける毎日は、新規の飛び込み営業を繰り返すサラリーマンのようだった。いや、飛び込みの仕事のほうが達成感ややりがいがあるだろう。「バンド」という商材は悪すぎるのだ。羽毛布団やソーラーパネルのほうが何倍もニーズがある。当然だ。それらは少なからず人から「必要」とされている。

業界にいる「知り合いの知り合いの知り合い」ぐらいにまで会いに行った。子どもを人身売買する貧困国の親のように、自分の音楽をひたすら身売りしようとした。持つ権利の全てを与えてでも、誰かに面倒を見てもらわないと、一年足らずで完全に干からびることが分かっていた。

シンイチロウからある夜、電話がかかってきた。

「なぁ、川嶋。大丈夫か?」

「何が?」

「いや、そろそろ金もヤバない? 活休とかも視野に入れといたほうがええんかもなって……」

蚊の鳴くような声だった。

「活動休止です、なんてまだ言う勇気ないわ」

「何とかなればええねんけどな……」

「問題なんて跳ね除けようとした時点で、半分は跳ね除けたようなもんなんやから大丈夫やって。任しとけ。俺が何とかするから」

「そっか。分かった、お疲れ……」

電話は切れて、断続するデジタル音が鳴った。

言葉は誰が言うかが大事なのかもな、と自虐的に一瞬笑えてしまった。

梅雨が空を重いグレーにする頃、ハイエースの自賠責保険と任意保険が払えなくなった。走行すること自体が違法になった瞬間だった。人生が詰《つ》んでいく不安と、近付く終末の恐怖が雪だるま式に膨らんだ。

徹也とシンイチロウに悟られないよう休まず企業訪問を続けた。二人を失いたくなかった。「次の会社はいけそうやぞ!」とやたら明るく振舞ったり、「なんかいきなり、途中で駄目になってもた。まぁあしたのところは感触良さそうやわ」などと嘘を重ねたりして、バランスを崩しながら生きていた。いつか嘘が本当になればいいと祈っていた。

やりたいことをやるために、やらなきゃいけないやりたくないことで駆けずりまわる。そんな日々はあっさりと、ごく自然に僕を酒浸りにした。

未来の恐怖から酒量は増え、気を失うまで飲む日が連続した。美味くはない。ただ気持ちいいだけだった。苦痛が溶けて強気になってくると、何もかもがどうでもよくなった。「いつかは死ねるのだ」という平等感も膨らんでいった。アルコールが入っていない時間を減らしたかった。無敵感のスイッチをオンにして、「いつかは」「いつかは」と憑かれたように繰り返していると救われた気持ちになった。現実から目をそらす最上の方法は「いつかは」なのかもしれない。「いつかは武道館」「いつかは両国国技館」「いつかはバンアパ」

そんないじけた高ぶりは、とても素面では触れられない、気恥ずかしい領域だった。でも心をそこに置いておかないと壊れてしまいそうで、いつしか僕は朝目覚めると同時にウイスキーを開けるようになっていた。「地方巡業ツアーでもやるしかないか」と半ば自棄になって決めた。いつどこで決めたかも覚えていない。とにかく早く死にたかった。直後に気を失うように眠った。

猛暑の中、何週間もかけて細かく地方を回るツアーが続いていた。

日本地図を広げて「どこにある県でしょうか?」と聞かれても分からないような場所に、たった三十分のライブを演《や》りにいく。ひと月に一五、六本の公演を詰め込む自殺行為に近い活動だった。残された最後の手段はひどく拙いものとなった。前時代的、退廃的と言われればそれまでだが、ダラダラとくすぶっているよりは燃え尽きたかった。

徹也とシンイチロウには言わなかったが、このツアーで殉死してもいいと半ば思っていた。

それに望み続けた「音楽漬けの毎日」はしっかりと成就したことになる。皮肉な話だが人間、続けていれば夢は叶う。思い描いていた形とは違うが叶うは叶う。ギターを初めて手に取った年齢から数えて十五年近く経っていた。

毎日のように行われる打ち上げには、すっかり参加しなくなっていた。

かつて密かに憧れていた「ツアーバンドの打ち上げ」という山は登ると疲労しか得られなかった。頂上から見えるはずの絶景は霧で隠れ、すれ違う人々に挨拶はするが、ただそれだけだった。

打ち上げ代はどこかから出ることが多く、損得で言えば得なのだが、次第に大勢で酒を飲んで何が楽しいのか、理解できなくなった。僕にとってのアルコールが、大脳新皮質をしびれさせ、不安な現状を液状化させるだけの物質に変わり始めたサインだった。

酔った頭で「いつかは」と繰り返すのがもう癖になっていた。

「いつかは武道館」「いつかは両国国技館」「いつかはバンアパ」

こんな陰気なムードを誰かとシェアしても仕方ない、それぐらいのデリカシーはあった。

その日も徹也とシンイチロウが打ち上げに行ってしまったので、保険切れのハイエースで横になった。後部座席は寝転がりやすいようにフラットに改造され、シートベルトも撤去されていた。急ブレーキ一発で車外に体が放り出されそうになる仕様は殺人的で、仮に衝突すれば誰一人助からないものだった。

だだ広い駐車場は辺り一帯真っ暗で、音という音が絶え果てていた。静かすぎて故障の末、深海に沈んだ潜水艦の中、生き永らえてしまったような気持ちになる。

ブランケットや空のペットボトルが散乱するシートで何度も寝返りを打った。疲れているから眠りたい。でもそう願うほど眠くならなかった。

この数時間、一言も発していないのに、脳内の独り言はうるさいほどやまなかった。

『生きててよかった。生きててよかった。そんな夜を探してる』

頭の中で、フラワーカンパニーズがずっと流れていて、気がつくと歌っていた。息なのか、声なのか分からないぐらいの音量だった。

名付けようのない感情が歌声に乗って、居場所を見つけられないままハイエースに充満していた。

二時間経っても徹也とシンイチロウは打ち上げから帰ってこなかった。

窓が涙の溜まっている目で眺めたように濡れていた。静寂そのものだった世界は一転して、雨粒がぱらぱらと貧しい車体を叩いていた。淋しいリズムの雨音はいつしかハードになり、調子の悪いパワーウィンドウを開けると、空がこの世の終わりのような色をしていた。

約束の時間からどれぐらいの時間が経ったのか、ようやく傘の群れがやってきた。

先頭に徹也とシンイチロウが歩いていて、後方には共演者たちが横になって歩いている。共演者たちの背中を丸めたシルエット、卑屈な声も聞こえてきた。

僕たちは地方にいる年下の共演者たちからしたら、一定の成功を収めたバンドだった。どの業界もそうなのかもしれないが、一般の目線では無名なのに、その狭き世界ではリスペクトを受けることがある。この扱いは嬉しいどころか、極めて惨めなもので、世間というものに土下座したい気持ちでいっぱいになる。

真っ暗な雨粒のカーテンの先、徹也とシンイチロウの陽気な声が聞こえてきた。仮初めの尊敬にまんざらでもないような、年下の若者を見くびっているような、偉そうな声だった。

雷鳴と水爆の爆発音が耳の中だけで聞こえた。

爆音が落ち着くと、耐え難い怒りに変わり、凶暴になった体を自制することができなくなった。

全力で徹也とシンイチロウに殴りかかっていた。やり場のない憤怒を拳に託すしかなかった。

「……！」

自分でも驚くほど無言で、徹也の顔面に拳を叩きつけた。

「なんだよ……！」

徹也の動転した声が響いた。

「……！」

「そんなに怒らなくてもいいだろ……！」

「やめろって！」

腕で顔を庇うシンイチロウのこめかみに何発も打ち込んだ。

「……！」

「痛っ……！」

全身に血潮の渦が逆流していた。聴覚の音量と方向は激情で狂い、どれが誰の声なのかも判別がつかなくなった。分かるのは、悲鳴がすべて長年聞いてきた、何年も隣で聞き続けた、一緒に東京に出てきた、一番失いたくなかった声ということだけだった。先ほど年下に威張っていたものと正反対の声色が駐車場に響いた。窒息しないのだろうか、と思うぐらい連続で二人の顔面に拳を叩きつけていた。悲鳴がただのうめき声に変わり始めた頃、歯に当たった拳から、おびただしい量の液体が流れて、飛散していく感触を覚えた。それでも何かに取り憑かれたかのごとく、黙って殴り続けた。

一度に大きな電気を使いすぎて落ちたブレーカーのように、何の声も発せなかった。ただただ、従順な作業員みたいに、右手を頭と顔に振り下ろすオペレーションを繰り返した。

呼吸が底を突くと、肺は拷問されているかのごとく苦しくなった。肩で息をし続ける僕の足元に徹也とシンイチロウがうずくまっている。

「ちょっと！　大丈夫ですか!?」

それぞれの機材車に戻っていた共演者の何人かが、徹也とシンイチロウの絶叫に気づいて、何事かと走ってきた。

どうすればいいのか分からない息苦しさが落ち着いてくると、正気が戻ってきた。暗闇に目が慣れてくるにつれ、大恥の群れと悲惨なしくじりの念が全身を這い回った。とんでもないことをしてしまったと、血の気が引いた瞬間、地が裂けて熱い溶岩が流れ出したような恐ろしい激痛を感じた。右手の皮膚は完全に裂けていて、暗闇にピンク色の肉が見えた。非現実的かつグロテスクな手の甲を見ていると、すべてを諦めたくなった。

「こんな縁も所縁《ゆかり》もない地方で、運命共同体である仲間を傷付けている」

そう思うと自分が哀れすぎて、徐々に笑えてきた。

天を仰ぐと雨脚はさらに強くなっていて、夜が大泣きしていた。

「ごめんなぁ……」

ようやく声が出た。でもそれは聞こえるはずもない、心で唱えた呪文に近いものだった。

『人間は球体をはんぶんこに割ったもんらしいで』

『はんぶんこ？』

『そう、半分しかないから、足りないもう半分を探してんねんて』

『半分を埋めるもんが、夢とか大事な誰かとかやったら、一番いいですよね』

現実と非現実の境界線がおぼろげになっていた。

「夢とか、大事な誰かとか……」

唇の震えを助走にして溢れた。

夏の雨はすべてを濡らすまで降り続けていた。

2013年1月　弁当製造員どころか弁当そのもの

入院患者の部屋に除菌スプレー
置いといたら間違いなく飲む

2014年 4月

待合室には腐った柿のような匂いが充満していた。

「川嶋さん。五番の診察室へどうぞ」

「はい」

病院で名前を呼ばれると、矢面に立たされたような居心地の悪さを覚えてしまうのは何故だろう。座っている人々すべての注目を浴びている気持ちになる。

小学校の終わりに卒業証書授与式というくだらない式典があった。あれを思い出す。大勢の前で氏名を呼ばれて、校長から紙切れ一枚をもらう馬鹿みたいな行事だ。

ペットショップの檻のようにいくつか個室が並んでいる廊下を歩き、一番奥の扉を開けた。白い部屋の中にはマスクをした看護師、背筋を曲げてカルテを書いている医師がいた。

「まぁ座って」

医師がカルテを書きながら言葉を発した。不機嫌なのか、無関心なのか判別のつかないトーンだった。白髪と黒髪が半々ぐらいのせいで、年齢が分からない。

「えっと、やめられないの？　お酒」

確信的な問いかけにどきりとした。飲酒というものを can か can't で考えたことがなかった。

「いや、たぶんやめられるとは思うんですけど……」

「たぶん、無理だよ」

医師は椅子をぐるりと回転させて、ようやくこちらを向いた。高層ビルから下界を覗くような、突き放した目つきだった。

「味、関係ないでしょ？」

口を開けるのも面倒そうだった。あくびのついでに発したような言い草だった。何も言葉を返せず、医師と看護師も何も発さない、凍った空気が無味乾燥な部屋を静けさで固めた。

「川嶋、いっぺん病院行けって。声出てない日多すぎやねん」

徹也はフロアにあぐらをかいてスネアドラムのチューニングをしながら言った。新潟でのライブのリハーサル前だった。

「まぁ気づいてはいるねんけど、でもボイトレ教室とかじゃなくて病院？」

「お前にどつかれた時、病院行ったらすぐ治ったぞ」

立っている僕を見上げて徹也は笑った。

「あぁ、あれは、ホンマにごめんな……」

「まぁ男同士バンドやってたら普通やろ。『BECK』でも平くんのパンチ炸裂してたやんけ」

ボルトを締めながら、小さく太鼓の隅を叩いている。

「徹也、『BECK』は千葉がコユキ殴ったんじゃなかったっけ？」

「それもある。とにかくすぐ殴るからな、あいつら。描かれてないだけで、練習中全員で殴り合ってるんちゃうか？」

2014年 4月　入院患者の部屋に除菌スプレー置いといたら間違いなく飲む

徹也は漫画の行間を読みすぎるほど読むところがあった。その感性が大好きだったし、そんな徹也に影響されて、『ヒカルの碁』や『ホーリーランド』をモチーフに曲を書いたこともある。

「まぁ行けって。ボイトレ行かんでも死なんけど。酒はやりすぎると死ぬからな」

来るだけ来てみた病院の味は職員室に酷似していた。日常と分断された空間、問い詰められるように自分を値踏みされる感覚は、小学生の時味わった苦味そっくりだった。

学校に巣食う大人に褒められるような馬鹿にはなりたくなかったし、そういった人種とは関わり合いになりたくもなかった。しかし教育機関を卒業すれば、それで済むのかと言うと、残念ながら違う。

スクールの外にも似たような場所は存在する。「職場」や「バイト先」はもちろんのこと、きっと暴力団、暴走族、半グレ、そしてバンド。これらイレギュラーなものも同質なのだ。ルールや規則が嫌でギターを弾き始めたはずなのに、どこもかしこもルールと規則だらけだ。やはりこの病院も「学校」なのだろうか。

「薬効感がいいんでしょ。そこが依存症の分岐点なんだよ。味がどうでもよくなってきたらもうアウトだよ」

火事を見物するような、心底どうでもよさそうな口ぶりだった。

「たしかに味は関係ないですね、気持ち良さだけで飲んでます」

「たぶんこのままいくと、エチルなら何でも良いってなるよ」

「どういうことですか？」

「市販されているものは『アルコール飲料』って書かれているでしょ？　でもエチルアルコールが入っている商品なんていくらでもある」

「化粧品とかってことですか？」

「そうだね。矯正施設の中なんてひどい。入院患者の部屋に除菌スプレー置いといたら間違いなく飲む」

医師の声は不機嫌そうになっていた。

「全部取り上げても、ヘアトニックさえ飲む患者がいる。こうなるともう人じゃない。取り上げたら手を噛まれたこともある。それで翌朝には全部忘れて、『おはようございまーす』なんて挨拶までしてくる。医者だって人間だ。我慢にも限界がある」

「そんなんアル中でしょ……手、震えているような。俺は別にそこまでじゃない……」

医師は僕を見て小さなため息をついた。

その態度に怒りが豆電球ほどに灯った。でもたしかに飲み始めると、止まらなくなる夜が増えていた。思えば「お酒は適量」の注意フレーズと一番遠い飲み方だった。代償として翌日にはひどい二日酔いに襲われる。悪心を打ち消すため、一刻も早くまた飲酒。現実に目覚めていたくなくて、夢遊へと逃げ込んでしまう生活だった。

「あのね、あなたは立派なアルコール依存症よ」

黙って話を聞いていた看護師が言葉を発した。ニュースキャスターのような第三者的な口調だった。医師も続けて「川嶋さん、『そんなのアル中でしょ』とか言ってたな。もうそれなんだよ」と告げた。

知らない大人二人から言われると、何だか小さな子どものような気持ちになってしまう。お前は出来損ないだと鞭撻されたようで、胸が苦渋に満たされた。

「すみません……」

反省ではなく防衛のための謝罪だった。職員室にいた自分が蘇る。

「いや、ごめんね。別にいいんだよ、飲んでも。ロックバンドしてるんでしょ？『飲んで飲んで飲み倒して、それでも何か残せればいいんだ！』って連中だ、君らは」

あざ笑うような言い方だった。悪気があるわけではないのだろうが、おそらくこの医師は知らず知らずのうちに人を傷つけて生きてきたタイプだ。

腹に焼けるような苛立ちを覚えた。

「そうなんですかね。自分では中毒なのかも分からないです。ただ法律に違反しているわけでもない」

じっとしていられないような焦燥が全身に走り、貧乏ゆすりが止まらなくなった。

「ジミー・カーター大統領も言ってますやん。『ドラッグの使用に対して与えられる罰は、使用者本人のドラッグによる健康の損傷、これを越えるものであってはならない』って」

話し出すと勢いづいてくる。慣性の車輪に乗って喋り続けた。

「ていうか医者の癖にふざけてんねん。俺のまわりの人間は、みんなそれなりに心配も注意もしてくれる。病院勧めてくれたダチもそうや。お前ら医者なんてもんが、どんぐらい偉いんか分からへん。でもな、自分の身分を高く見積もっているやつほど、厄介で愚劣なもんはないねん。お前らがゴミ同然やと思ってる人間のほうがよっぽど清潔で闊達《かったつ》で聡明や。自分らが上級な人間やと思ってんのか？」

自分でも早口になっているのが分かった。一息で言い切って大きく息を吸った。

「なんだお前？　俺が医者であることがそんなに引っかかるのか？」

「そのへんにいる素人、俺のまわりにおるやつでさえ止められるもんを『たぶん、無理だよ』か。じゃお前ら、何のためにおんねん」

「なぁ、そいつらは止められたのか？」

「は？」

「止められたのかって聞いたんだ」

止めようとしてくれた徹也やシンイチロウ、その他の友人たちの抑制に抗い、押しのけた記憶が蘇った。絶句してしまった。

刹那に医師が言葉を突き刺してきた。

「そいつらは酒を甘く見てるんだろ。やめられるわけない。一生この依存と付き合うか、それか死ぬかだ。完治は絶対にない。クスリ出しといてやるから、やめたければ飲め」

「完治はない?」

「もう脳がコントロール機能を失っているからな。二度と綺麗に酒を飲めると思うな。これからも永遠に飲みニケーションの外で暮らせ。世間一般の潤滑油がお前らみたいな中毒者にとってはただのドラッグなんだよ。耐性ができてきて、だんだん『効かなく』なってくる。それでさらに量を増す。いつかは『効く量』が致死量を上回る」

医師の感情は固定されているみたいだった。標本に針で止められた昆虫のようにあがく僕とは対照的だった。


待合室に戻ると、患者が増えていて、腐った柿の匂いが増していた。気持ち悪くて一目散に本館へともどった。

この施設は広大な敷地に一号棟、二号棟、三号棟、そして本館が建てられていて、アルコール依存症患者は三号棟に詰め込まれる。他の一、二号棟は知らない。処方箋をもらう本館にはすべての患者が集う。

「さっすが精神病院! 気狂いばっかりだ!」

ヨレヨレのシャツの男が運動部のコーチみたいに腰に手を当てながら辺りを見渡して、明朗な声で叫んでいた。そのまま家族と思しき二人の女性に連れて行かれた。

乳母車をひいた老婆が歩いてくる。僕の前で止まると、下からすくい上げるように目を覗き込んできた。十秒ほど凝視したらカタツムリのような速度で過ぎていき、その後、急にスピードを上げて窓へ向かって「雨よ！　誰か傘を持ってきて！　こんな豪雨の中、海水浴なんて行けるわけないじゃない！」と吠えた。美しく晴れ渡る春の空に、見えない雨が見えているらしい。

ここにいる人間は皆共通して髪型がめちゃくちゃだ。何か法則的なものがあるのだろうか。

一般社会とは異なる位相の中で僕は「何回も何回もペットボトルを落とす男」をやっていた。先ほどの怒りのせいなのか、禁断症状なのか、手が震えて握力をうまく伝えられなかった。滑って二度、三度と落ちた。諦めて両手で拾いあげた。蓋を開けようとしたらまた落ちた。

処方されたのは、レグテクトという中枢神経系の錠剤だった。飲酒欲求を抑える効果があるらしい。もう一つはシアナマイドという「嫌酒薬」と呼ばれるものだった。こいつはなかなか笑える薬で、アルコールの分解作用、解毒作用を邪魔してしまうのだ。言うなれば人工的に下戸にしてしまう効能がある。使うと百戦錬磨の酒豪でもグラス一杯で顔面紅潮や呼吸困難、めまいなどを引き起こし、ひっくり返る。結果、アル中どもは酒に怯えるようになり、恐怖心に引きずられるまま断酒へとつなげていく、そういう薬だ。

しかし処方された薬を飲めずにいた。心の逃げ場がなくなることが怖かったのだ。

酒のせいでボーカルのクオリティが落ちていることは自覚していた。思い通りにピッチも当たらないし、リズムも甘くなっていた。歌詞が飛ぶこともしばしばだった。

苦痛だったが「薬を飲む理由」と「薬を飲まない理由」を天秤にかけると、「薬を飲まない理由」が勝利してしまう。酔っていないと不安が立ち上ってきてとても眠れない。医師の吐いた「やめたければ飲め」という言葉が耳にこびり付いたまま朝から夜まで酔っ払った。

コンディションの斜陽はもう止められなくなっていて、何が楽しくて何が辛いのかも見えなくなってきていた。誰かといても、酒が切れるとコンビニへと一目散に走るようになった。関係の浅い友人は「そういうの、よくないよ」と告げて、一人、また一人と消えていった。

肘置きの紙コップから酒の匂いがする。

目覚めたばかりの脳みそで記憶を辿った。異空間のような暗闇の中、巨大なスクリーンで池脇千鶴が泣いている。何が起きているのか、思い出せない。

そうだ、コーラを買って中身を捨て、ワンカップの日本酒を紙コップに注いで……ようやく捕まえた。新宿の映画館だ。

数分程度なのだろうが、寝ていたせいでストーリーがよく分からない。

面倒になって席を立ったが、やっかいなことに真ん中付近の席だった。頭を下げながら、手刀を顔前にかざして真っ暗闇をそろりそろりと歩いた。「すみません、すみません……」とささやいた声が菅田将暉の絶叫にかき消された。扉を開けると、僕にのみ光が輝いていた。

「ちょっと、どこ行くの！」

後ろから女の子が血相を変えて駆けてきた。

そうだった、今日この人と映画を観に来ていたのだった。これも完全に忘れていた。顔を見ても名前が思い出せなかった。いつ知り合ったのかも覚えがない。

「いや、もういいかと思って……酒買ってくるわ」

「そういうの、よくないよ……」

「ちょっと寝てたら話分からんくなってもうてん。やっぱ映画は巻き戻せへんから不便やな。人生もそうやけど」

コンビニを目指しながら口を開いた。酔いが冷めてしまって、心細くなっていた。

「何言ってんの？　とにかくちょっと待ってよ！」

「いや、別にええやろ」

「そういうの、よくないって」

「とにかくもうええねんって！　そういうのよくないって、どういうのがよくないねん！」

「だからそういうの！　よくないって！」

女の子は同じ台詞を違うトーンで吠えた。一サビと同じ歌詞なのに、ラスサビが転調するミスチルの曲みたいだった。

「もう！　私、帰るよ！」

2014年 4月　入院患者の部屋に除菌スプレー 置いといたら間違いなく飲む

女の子は立ち止まって叫んだ。

「帰宅すんのにいちいち告知すんな。桜井さん、もう行け」

手の甲を数回振った。どんどん女の子と距離が開いていった。

「は？　桜井って誰……？　頭おかしいんじゃない？　いいかげんキモいんだけど」

女の子は眉を吊り上げて声色を変えた。

「まだおったんか。このTomorrow never knowsが。目障りやから早く消えろ桜井。時間減んねん」

「死ね！」

「はーい……」

「ほんと、マジで死んでね？　世の中のために。お願いだから。来週中には自殺しといて」

女の子は早歩きで駅へと向かっていった。

なんだかせいせいしていた。よく知りもしない女に怒られると、自己肯定感が増すのはなぜだろう。特に愛だの恋だの好きだの大切だのと掲げている人物だと、よりいっそうだ。

彼女たちはそういうものを掲げていることで、安全を買おうとしている。自らの期待にそぐわなかった時、相手を「裏切り者」と称することができるからだ。綺麗事さえ掲げとけば許されると勘違いしている、ぬくぬくしている連中が男女年齢国籍問わず嫌いだった。

あちこちの会社に営業をかけるのにも、音楽にも疲れ始めていた。

歌を作っても以前のようにいかなくなっていた。夜中、書いている最中は名曲に思えたのに、朝聴き返すと駄曲中の駄曲。ラブレターと同じ構図のこの現象は作家にとって日常茶飯事だが、頻度が異常に多くなった。自分の使い慣れない言葉で歌詞を書くことは数年前からできるようになっているし、苦痛かと問われたらもっと苦しくて痛いことはいくらでもある。誰かに「魂を売っている」と詰められたとしても、その慣用句を扱うセンスとはずいぶん前に絶交して折り合いもついている。

目的地も帰る場所もない現実から逃避するために、名前も分からない女の子と遊ぶようになった。しかし約束しても、僕は家を出ると真っ先にコンビニへと走ってしまう。昼だろうが夜だろうが、あの目が潰れるような明るさに蛾のごとく引き寄せられてしまうのだ。そして前後を忘れるほどに酔ったまま、待ち合わせの映画館やレストランへと到着する。その頃にはすっかり帰りたくなっているのだ。金もないのでそのたび、「財布忘れた」という呪文を唱えた。すると女の子から落胆付きの福沢諭吉が現れる。

最終的に彼女たちは、声にも目にも込められるだけの軽蔑を込めて僕の前から消えていった。

地面にべたんと座り込んで、ワンカップを開けた。食道に熱いものが入って、ランプに油を焼《く》べたみたいに、胃がポッと明るくなる。ものの数分もすれば、少しずつ憂さが晴れてくる。「酔うと他人と打ち解ける」と言う人がいるが、あれは違う。酔うことは他人ではなく、他ならぬ自分自身と力を合わせ、膝を付き合わせる祈りだ。

ダラダラと二本ほど飲み続けた。すると「ここに座らないでください」と警備員がやってきた。年の頃は定年退職して十年ほど寝かせたぐらいだろうか。「こいつは世間をしくじった者」という目で僕を見つめていた。

「立てますか……？　歩けますか？」

「座らなあかん時もあるやろ……あっち行け。自分のことばっか考えんな」

老人警備員の顔を指差した。

「ここに座られると迷惑なんですよ。迷惑！」

「あ？　迷惑……？」

「迷惑でしょ！」

「お前も生まれた時点で場所とってるやんけ！　迷惑とか抜かすならまずお前から死ねや！　殺すぞ！」

老人警備員は、得体の知れないものにでも出会ったように後ずさり、振り返って走っていった。いい気味だった。

『私は常識ばっかり信じて、現実に移しちゃうのって、一番危険な気がするんだよね』

思い出せないぐらい前に聞いた声がフラッシュバックした。

『私は常識ばっかり信じて、現実に移しちゃうのって、一番危険な気がするんだよね』

もう一度。今の自分が肯定されているようで心地良い言葉だった。意識を集中すると狙い通り聞くことができた。

「常識ばっかり信じて、現実に移しちゃうのって……か」

膝を抱えながらその言葉を何度も唱えていた。


我に返ると、淡く春の夕闇が漂っていた。

長い階段にはスーツ姿の人々がうじゃうじゃいた。全員が新宿駅東南口へと一目散に吸い込まれていく。

もう、どこの地点にも二度と戻れない気がした。社会の歯車を馬鹿にしていた時期もあったが、歯車にすらなれていない男が何を言っているのか、という話だ。

「来週中には自殺しといて」と言って消えたあの子の言う通りだ。そして「そういうの、よくないよ」だ。

物心ついてから「そういうの、よくないよ」の集積だったように思う。ずっと「そういうのよくない!」を浴びてきた。この依存症も、活動の仕方も、事務所の辞め方も同じだった。きっと僕は「よくない」のだ。だけどこの「よくなさ」がかろうじて自分を支えてきたとも上澄み程度には感じていた。

世の中にはいろいろな人間がいる。全国のPTA会長を百人集めたら、百人全員に「よくない!」と吠えられる者だってこの世にはいるのだ。

東南口の改札に絶え間なく飲み込まれている人々はこういう「仕方なさ」を一つも抱えていないのだろうか。「よくないこと」が、自らの落下を支えてくれた経験は一度もないのだろうか。だって僕たちはヘトヘトになって、どうしようもなくなっても、生きていかなくてはいけないではないか。

世間をしくじったとしても、頭のチューニングが狂っていたとしても、捨てられないものや曲げられないものさえあれば、ギリギリ人生をやっていける。それが僕にとって歌なのか、意地なのか、もはや当てはまる生きがいは見つからないが、まだすべてが終わったわけではないと、曖昧な確信だけが東京に浮遊していた。だからこそ、「まだ生きないと」としがみついている。

東南口名物フラッグスビジョンから、「アナと雪の女王」の主題歌を歌う松たか子のボーカルが頭上に降りかかってきた。ありのまま、ありのままか……。

もうアルコールはやめられないかもしれない。ただ、生きていさえすれば、いつか借りを返せる、この空しい日々も塗り潰せる。ならばどう考えても、中毒のほうが死ぬよりはマシなはずだ。「よくなく」ても、少なくともまだ地獄には落ちていない。

『みんな、ちゃんとしてる部分もあるし、酷い部分もあるもんな』

ユリの言葉通りだ。現実の人間は白でも黒でもなく、無限のグラデーションの多面性を持っている。この世には聖人も悪人も、聖女も娼婦もいない。子猫を助けた手で同僚をイジメて、募金した指先で金をパクるのが人間だ。割り切れてもいないし、善と悪とを行き来しながら、強さと弱さを両手に抱えている。酔っていないとやってられない夜があるように、「そうしていないと生きていけないもの」が誰しもある。みんな何かしらの中毒なのだ。

『みんな心に穴が空いてるやん。それを何かで埋めないと生きていけへんねん。埋められるならもう何でもいいねん』

もうユリはいないのに、ユリの声ばかり蘇る。

「酒もタバコもやらずに、毎日五キロのジョギングをやってます」というやつがいるがあれだ。貯金通帳の数字をひたすら眺め続けているやつもいる。ボランティアに固執するやつや「健康のためなら死んでもいい」というオーガニックにやられているやつもいる。「男を途切れさせたくない！」という精神構造の女子も完全に中毒者のそれだ。

要するにみんなラリっているのだ。一番タチが悪いのは、思想や宗教でキマっているやつだ。信心がモラルを飛び越えると、地下鉄にサリンをばら撒くこともあるし、軽井沢の山荘で同志を殺すこともある。ならば睡眠薬や抗うつ剤、大麻、アルコールのほうがまだずっとマシなんじゃないだろうか。僕たちは少なくとも自分が病気だと分かっている。

「ちょっと、すみません。いいですかー？」

野太い声がした。座ったまま声のほうを見上げると、二人の警察官が立っていた。たくましい警官の後ろには先ほどの老人警備員がいて、鋭い目つきで僕を睨んでいる。

「あぁ……そういうことか。分かりました。行きますね」

左手をついて立ち上がった。腰の関節から音がした。

「いやいや、ごめんねー。免許証だけ見してねー」

無視して去ろうとすると、警察官に肩を掴まれた。リハビリ患者のように足がもつれた。老人警備員はニヤついていた。心の底から痛快そうだった。

無言で国民健康保険証を渡した。老人警備員が僕を指差して、警察官に何かしら訴えている。警察官がなだめているようだったが、どうでもよかった。眼前にいるのによく聞こえなかった。

「じゃあ、もうここに座らないでねー。公道なんでね」

「やっぱ、迷惑なんすか?」

「いや! 迷惑とかじゃなくて、ごめんなさいねーー!」

「そんじゃ、しゃあないっすね……」

萎えた足で歩き出した。振り返ると老人警備員がまだこちらを見ていた。

半分ぐらい中身の入ったワンカップのビンを投げつけた。届くはずもない軌道を描いたビンが、アスファルトに炸裂して空しく割れた。警備員はすかさず電話をかけはじめた。

小走りになって逃げた。自分自身の体の重みが枷《かせ》のようで足がうまく出ない。小道に逃げ込んで、また酒を買って歌舞伎町へと向かった。

十代の頃は、自分がここまで落ちるとは思ってもいなかった。でも皆同じだ。「俺がそうなるなんて思っていなかった」と嘆いている。

だから物乞いをいじめないほうがいいし、泥棒を嘲笑《わら》わないほうがいいし、ニュースに映る殺人犯を叩かないほうがいい。

もうじき秋葉原で大勢を惨殺した男に死刑判決が下る。その男も子どもの頃、自分が死刑囚になるなど予想もしなかったはずだ。

生きていくっていろいろある。本当にいろいろあるのだ。未来がどうなるかなんて分からない。でも、僕はそんなことを歌っていきたかったはずだった。自分みたいな誰かの足元を、歩いていけるぐらいでいいから灯したかった。


正しいことだけじゃ間違えてしまう時がある。

綺麗なだけじゃ汚れてしまう時がある。

丈夫なだけじゃ壊れてしまう時がある。

生きていたら家に住めない時もある。

生きていたら盗まなきゃいけない時もある。

生きていたら殺さなきゃいけない時も来る。

取り返しのつかないことしか選べない時も来る。

それでも生きていかないと。

よろよろと走りながら歌っていた。自分では気に入っていたのだが事務所にボツにされてしまった曲だった。

『問題なんて跳ね除けようとした時点で半分は跳ね除けたようなもんやんか』

『一番勇気のいる道こそが、進むべき道なんちゃう？』

ユリの声が蘇る。目の前の人間の声は聞こえないのに、もう会えない人の声ばかりが鳴り響く。でもユリは簡単に言うけど、一番勇気のいる道は過酷そのものだった。問題も跳ね除けたいけれど、現実は厳しくて、食らいついても歯型すら残らない。

新宿の空はネオンにかき消されて星一つ見えなかった。この先に満天の無数のきらめきが隠されているなんて、とても信じられなかった。

『なれるよ。川嶋君、才能あるもん。だってＢｏＡの曲より、私好きだよ！』

さらに昔、もっと前に言われていた声が聞こえた気がした。

変態が突入してくる前提

2001年 4月

中学に入学した途端だった。そこを皮切りに苦痛と葛藤が唸りをあげた。慣れない制服や、初めての教科、子どものままの心と大人と張り合えるぐらい成長していく体。自分が自分じゃなくなるみたいだった。思春期特有の心痛は、成長痛とともに大きくなっていった。根性論ばかり唱える教師、上下関係主義の名も知らぬ先輩、身も心も変貌していく同級生。「教育」が「支配と競争」へと変貌するのを感じとった。次第に登校は遠のき、教室から離脱し、「二十歳になってから」と書かれているものを体内に取り入れるようになった。

学校に行かず、むやみやたらに自転車をこぐ日々が続いた。現実逃避スキルばかり身に付いたせいで一人遊びだけはうまくなっていった。

ニュータウンというのは未開拓の山地を人工的に切り抜いたものだ。砂漠にポツンと存在する中東の大都市に似ている。数キロメートル離れれば、風景は竹林と川と池、そして野山と田んぼだけが続く。映画サマーウォーズのような田舎や自然は僕にとって恵みだった。「支配と競争」の使いが蛆のようにわく場所から避難するため、ペダルを踏みつけて、車輪を回転させた。

十三歳になったばかりの夏、さびれた神社に出会った。

いつも通り行き先も決めず、自転車をこいでいたら、ちんまり盛られた小山に辿り着いた。濃い緑が青く澄んだ空に向かって生えていた。心の奥底で本能の光がまたたいて、「行け」と背中を押された。

登山道は木々が茂っていて、油蝉が命がけで叫んでいた。しばらく曲がりくねった道が続き、その後には直線的な急勾配が立ちはだかる過酷な坂路だった。

猛暑の登坂に息切れは激しくなり、Tシャツは赤ん坊のよだれかけのごとく首元がびっしょり濡れた。しかし清々しさが上回り、不思議と笑顔になってしまう気持ちのいい時間だった。

山頂に座する神社は、いきなり扉を開けたような現れ方で、爽快な戦慄を禁じることができなかった。

無人なのでがらんとした寂しさはあるが不気味さはない。建造物というよりは「作品」のような精錬されたものだった。肋骨の中で心臓が小躍りしていた。この立地と道の険しさでは、誰にも知られていないのではないかと思った。

風の音が近く、登山道から聞こえる蝉の声は遠くなっていた。合奏の配置は芸術的で、息を吸い込むと音を体に取り込めそうだった。

神社の隣には『展望やぐら』があり、ニュータウンまで一望できた。自然と人工が調和した風景は、一瞬にして心が浮き立つ眺めだった。

僕のすべてだった町も空から眺めると箱庭を思わせるほど小さかった。そこに住む人の心どころか、これからの未来までもが見通せそうだった。

「運動部のやつらは泥と汗にまみれて、今ごろ練習してるのか」

「このままどうなるのか」

「これじゃいけないのか」

「でも俺はいったい、何がしたいんだろう」

「やりたいこともないし」

「そういえば女なんて好きになりたくないのに、女子ばかり目に入る。気色悪い」

思春期特有の葛藤すべてが胸に氾濫して苦しくなった。思わず目を閉じて、息を吸って、吐いた。この完璧な景色の中に立ちながら、目を閉じるという贅沢と快楽を味わい尽くしていると、苦悩のすべてが些細なものに感じてきた。

携帯電話なんて持っておらず、時刻は分からなかった。空の色がだいだい色に染まり、風が冷たくなった頃、家路についた。

それからというもの、神社を訪れるのは日課になった。次第に登坂にも慣れ、不登校のわりに足腰が丈夫になっていった。


「ヤバイ場所見つけてもうてんけど連れてったろか?」

マイルドセブンを吹かしながら偉そうに言った。

「何やねん、それ」

栗田が制服のポケットに手を突っ込みながら言った。

「とにかくヤバイ。いっぺんしょうもないとこから離れなあかん。そうせな、おもろいやつにはなれへん」

「別に、学校も部活もしょうもなくないけどな……」

「いや、しょうもない。特にお前の部活は。もうイチローも神戸におらんねんから」

「イチローは関係ないやろ」

中学校になってから友人と呼べる存在はできなかったが、幼馴染である栗田とは付き合いがかろうじて続いていた。

育った環境は似ていても人には資質というものがあるらしく、栗田は僕と対照的な人間だった。学級委員長であり、野球部の一年生ピッチャー、成績は長田高校合格間違いなし。本人曰く、その後は阪大、神大、京大を狙うらしかった。

言うなれば、栗田は中等教育社会の頂点を極めていた。

栗田が中学生活という波を乗りこなせていることに、少なからず劣等感があった。そして将来的には栗田のような人物こそが「世間」というビッグウェーブをクリアしていくと肌で感じていた。

この成功者に何か一つぐらいは勝ちたかった。神社の魅力を伝えたかったのもあるが、「我こそはあの感性を包み込まれて、全身がアンテナになるような気持ちよさの発見者だ」と自慢したかったのだ。

「ようわからんけど、そんなおもろいとこなら明後日連れてってくれ」

「あしたはあかんのか？」

せっかちめいて言った。

「あのな川嶋、水曜しか部活休みないねん。朝練は毎日あるけど」

「一日ぐらいサボっても、そんなヘタクソにならへんやろ」

「そういう話ちゃうねん！」

「まぁ明後日行くんでもええけど、何時からにすんねん」

「放課後に決まってるやろ！」

「俺は朝でもええけど……」

「その生活がありえへんねん。ていうか何で登校拒否してんのに朝ちゃんと起きてんねん！」

「人間は朝起きて、夜寝る」

「そして学校に行く」

「それは行かん。何故なら行きたくないから」

栗田はため息に乗せて、「できる範囲でええからちゃんとしとけよ」と笑った。

水曜、僕と栗田は自転車を飛ばした。

かっとした初夏の陽射しは、地の底から緑の油を噴きあげていた。栓を抜いたみたいに汗が滝になって溢れてくる。高速で風を引き裂く音に負けないように声を張った会話は怒鳴り合いに近かった。

「まだ着かへんのか！　もう三十分はこいでんぞ！」

栗田が大口を開けて叫んだ。

「あの野球部のクソ先公に怒鳴られながら、毎日走り回ってるんちゃうんか！」

「こんなに延々とチャリこぐ練習ないわ！　て言うかなんでこんな全力でこぐねん！」

「ダラダラこいでたら夜になるやろ！　それにおもくそ飛ばしたほうが疲れへんねん！」

「こっちは、朝練して、ちゃんと、授業受けてるから、こんな体力余ってへんのじゃ！」

栗田の呼吸は死にかけの金魚のように途切れ途切れになった。

「ほんだら学校行かんほうがええやんけ！　あんなとこアホしか行かん！」

「行かなあかんねん！」

「なんでやねん！」

「なんでもクソもないやろ！　ていうかそんな体力余ってんねんから学校来いや！」

「テレビ見てないんか！　宅間守みたいなやつにブッ殺されたないねん！」

「なんで変態が突入してくる前提やねん！」

僕と栗田は枕投げのように大声を出し合いながら、小山のふもとへと到着した。

登坂になってから、栗田の文句には恨めしさが宿ってきた。

「これは、完全にクライミングやんけ、最初に言っとけや。しんど……蝉もうるさすぎ」

途中途中、栗田は息を整える陸上選手みたいに中腰になっていた。そのたびに足を止めてやった。

「なぁ栗田、お前ら階段の上り下りのトレーニングしてるやん」

学校に行っていた頃、雨の日、階段を走っていた野球部を見た。

「あ？　してるけど、それがどないしてん？」

「いや、あれと山登りどっちがキツイんかなって思って」

「こんなもんと、比べられへんやろ。あのな、川嶋、お前の中で野球部神格化しすぎ」

栗田は体を重々しく運んで言った。煽りのごとく木々から蝉の大声が鳴る。

「なぁ、栗田よ。野球部っていうのは、学校に君臨するクシャトリヤやろ」

「バラモンちゃうんか？」

蝉の合唱のせいで声が聞き取りづらかった。

「バラモンは先公やんけ。実際は夢も就活も面倒になっただけの、ガキにイキり倒してるだけの社会のアウトカーストやけど」

「お前、前世で教師に殺されでもしたんちゃうか」

「先に生まれただけのやつに、一方的に振る舞われんのが我慢ならんねん」

自分からユーモアの気配が消えていたことには気づいていた。

「もう、ここらで帰ろっかな……」

「おい、栗田、こんなとこで一人置き去りにされたら俺は寂しくて死ぬぞ」

「うさぎか」

そう言ったきり、二人とも無言になり歩き続けた。後ろから栗田のゼイゼイという声、というより喉の音が聞こえる。蝉の絶叫がそれを上回っていた。

僕の息も弾み始めた頃、登頂した。接近するブルーと乾いた芝生、先刻の山道に生い茂っていた枝葉を振り乱した鬱蒼とした木々も生えていないので、蝉の喚きも遠い。山頂は坂路に反比例して、穏やかな空間を演出していた。

伝令の馬を思わせるほど息を切らしていた栗田は、左右に二足三足よろめくと、ばったりと芝に倒れた。

「立てるか？」

うおっと腹から声をひねり出して栗田は立ち上がった。

「お前、茂野吾郎か。海堂戦の」

「野球部やからな……あと海堂戦じゃなくて陽花戦な」

「栗田、お前な。他人からやらされてる練習だけで満足してるんちゃうか？　他人にやらされてた練習を努力とは言わんやろ。好きなこととして飯食おうなんてずうずうしい特権、与えられた宿題《こと》こなした程度で手に入るわけないやろ」

丸暗記するほど読んだ『ＭＡＪＯＲ』のセリフを棒読みした。

「いや、だから茂野吾郎かって。ていうか俺は別にプロ野球選手目指してへんわ」

栗田の言葉に返事をしないまま、やぐらへと向かった。栗田は後ろをついてきて、やぐらへの白木階段に足をかけた。

ドーム状の空が広がる。毎日眺めているがその日は雲一つなく、一際綺麗だった。

いい風景を見ると呆然としてしまう。これは人類共通ではないだろうか。こんな景色を見ているだけで、ますます日常が遠のいていく気がしてならない。心と体が安らぎを覚えて、生まれたばかりの頃の正しい位置に矯正されるようだ。

「ほら、これヤバない？」

「あぁ……」

「小っさいこととかどうでもよくなってくるやん？　こんなとこ近所にあってんぞ」

僕があまりに熱心に語るので、栗田は聴いているというより、その様子を見守っている風だった。

「うん、まぁ……ええと思うぞ？　思うけど、そんなええか？」と栗田は言った。

「まぁええっていうか、ほら、こういうのって気持ちいいやんか。たまにやで。たまにやるとな」

照れにより逸らした目線は行き場がなくなり、笑ってごまかした「たまに」という言葉が非常口に避難した。

自分が未だかつて味わったことのない屈辱と哀しさが混ざった感情は、耳の裏を熱くして目まいを引き起こした。神社とやぐらは一番大切な場所だった。学校にいても、グラウンドにいても、家にいても、どこにいても、自分が何者なのか分からなかった。やぐらに登って、箱庭みたいな町を望んで、自らの心を受け止める。その時だけは自分自身を感じられた。

「なるほどな。まぁ早く帰ろうや」

カップ麺が完成するぐらいの時間が経ち、栗田が言った。

「せやな。あんま長くいてもな、しゃあないしな」

「また山道とチャリか、ダルイな」

「せやな。ダルイな」

怒れもせず、言い返せもしなかった。やり方が分からなかったし、やることでもないということだけは分かった。しかし宝物と僕のアイデンティティは泥まみれになった。

それから神社の話は誰にもしないと決めた。あの場所に感動している自分を、恥ずかしいとさえ思った。話したかったはずの場所は、誰にも話せない場所になった。


好きなものは検索しないほうがいい。

涙でページが濡れた本も、鳥肌が立ち震えた歌も、Ａｍａｚｏｎのレビューでは必ずボロクソに叩かれている。他人の嫌悪や悪意、無関心に「感動」は平気で蝕まれる。大切なものは自分の中だけで留めておくほうがいい。

しかし素晴らしいものを見たり、美味しいものを食べたりした時、「教えたいな。喜ぶだろうな」と思い浮かぶ人がいる。

それは一生に一人、二人しかいないのだろうけど、磁力として引き寄せられて巡り合う。僕たちはいつだって、そこにしがみつくしかないし、その手にぶら下がるしかない。

小さな体で、王様みたいに堂々と

2002年 4月

二年生になり、ますます孤独は進んだ。完全に地球上でひとりぼっちになった気がした。中二病という言葉があるが、あれは正確には「数え年で十四歳病」だ。学校に通おうが通うまいが、この年齢になると自意識が炎症を起こして、腫れ上がる。

公的機関に勤めていた父は昨年から総理になった小泉純一郎という人の政策の余波で、単身赴任となった。母は友人との交流やパートやジム通いに勤しみ、僕はウイスキーを日々楽しむという家族生活だった。絆というより同盟を保った関係だった。

神社に行く日は激減してしまった。そのせいで時間ばかりが生まれた。

人間というものは一年も社会から認識されていないと、自分との対話が増えてくる。

本を読み始めたり、ネットサーフィンをしたり、音楽を聴いたりと、とうもろこしを齧るみたいに片っ端から手をつけた。しかしインドアでの一人遊びは難航した。

まず哲学書や文芸書を読み始めた。しかし酒を飲みながら読むせいで、さっぱり理解できないのだ。素面で読んでも難しいバタイユだのセネカだのソクラテスだのをウイスキーをラッパ飲みしながら読むのだから解るわけがない。

酔っ払っていくと活字が踊り出し、天井は回転し、朝目覚めると茶色の液体でびしょ濡れになった本が転がっている。何十冊も読むには読んだが、内容は何一つ覚えていなかった。これほどつまらないことはない。

ネットサーフィンもFｌａｓｈ動画は笑えたが、ＢＢＳでの討論は潔癖な自意識が、匿名性の卑劣指数に耐え切れず離脱した。

それに比べて音楽は楽だったのだが、重大な問題があった。それは「流行に乗るわけにはいかない」という壁だった。「中二の自意識」というやつは融通がきかない性質があり、流行りと寝ることを許さなかった。

J—POPを聴くのは敗北を意味するので、見境なく洋楽のCDをレンタルし、MDにコピーしていった。

OASIS、ブラー、レッチリ、NIRVANA、ジミヘン、クラッシュ、ピストルズ、ツェッペリン、ビートルズへと走った。

走ったはいいが、何が良いのかまったく分からなかった。英語を教わっていないので、歌詞という「良さ」への手がかりも見えず、鉱脈をダウジングで探すような旅だった。

だが、「中二の自意識」の命ずるまま「良い」ことにしなくてはならなかった。「中二の自意識」はソクラテスの弁明の前には敗れ去ったが、ここに敗《ま》けるわけにはいかなかった。たった四分、五分の曲である。しかも「古きロック」は外国では利口者というより、馬鹿向けにデザインされている娯楽だと聞いた。さらに不届き者や、アウトサイダー、ならず者、落ちこぼれを文化的に保護してくれるという魔除けの札にもなるという話だった。

「CHEMISTRYとケツメイシにハマってんな」

そう言った栗田にここでカウンターを打たないといけない。

「あぁ、そういうやつな。俺はツェッペリンの2nd」

こう答えなくてはならないのだ。身を焼いてでも上回らないといけない。それだけをモチベーションに何時間も聴き続けた。苦戦や難解というレベルを超えて修行に近い領域だった。

MDウォークマンのイヤホンを変えたり、MDコンポのイコライザ設定を『Bass Booster』や『Vocal Booster』にしたりと「良くなる努力」を試行錯誤した。

「音楽機器メーカーや製作者の意図だけで満足しているから『良く』ならないのだ。他人から享受しただけでは努力とは言えない。『好きでもないこと《こと》』を『好きなこと』に昇華して威張り散らすのだ。そんなずうずうしい特権、与えられた宿題をこなした程度で手に入るわけがない」と茂野吾郎にならざるを得なかった。

筋群を徹底的に苛め抜くアスリートのように悪戦苦闘を重ねた何ヶ月目かのある夜、目の前にふさがった壁に、突然亀裂が生じたのを感じた。

「B'zのほうがええやん」という心の声を監禁しながら、聴いていたロバート・プラントのハイトーンに武者震いが起きた。気を抜いていたら見落としてしまいそうな刹那の震撼だった。急いでMDを『Rubber Soul』に変えた。内心、禁忌の象徴であるCHEMISTRYの劣化版だと思っていたジョンとポールの声にくらっとした。焦燥感にかられたまま『NEVER MIND』に入れ替えた。これまで聴き取れなかったベース音が聴こえ、「ちゃんと声を出せなくてヘタクソやな。体調悪そう。かわいそう」とじつは同情していたカート・コバーンの声が本能の皮膚を引っ掻いた。

それは言葉にしようとすると、消えてしまいそうな淡い熱狂だった。だけど確実にそこに存在する手触りだった。焦りにかられ、次々とMDを手に取った。

リアムもアンソニーもストラマーも昨日までとは違う輪郭で声を発していた。感動は目覚めにも似た段階を踏んで、より明晰なものへと変わっていった。一枚ごとに胸が波打ち、鳥肌が立ち、脳天が震えた。

夜明けの光が部屋に差し込んでくる頃、借りてきたばかりのWEEZERの青いアルバムをウォークマンに突っ込んだ。

一曲目の「MY NAME IS JONAS」の一節が「あの頃はよかった、もう戻って来ないけど。俺たちは自分の部屋を後にした。そんな話を聞いてほしい」と聴こえた。

英語なんてわからないくせに、心では訳せているような不思議な感覚だった。

すっかり栗田に誇示したいという気持ちなど失せ、素直に音楽に心を解放するようになった。

聴くだけでなく、作ってみたくなるのは自然な流れだったのかもしれない。カートのジャガーやストラマーのテレキャスターは手が届かなかったので、二万円弱の安いアコースティックギターを買った。ブロンズの弦を鳴らすと無敵になった気がした。

ナメクジの行進みたいだった時間の流れ方が一気に早くなった。春、夏、秋と矢のように中二の月日は過ぎていき、オリジナル曲が山盛りになっていた。

創作というものは自由だった。何を書いてもいいし、どこに進んでもいいし、すぐに終わってもいいし、いつまで続いていてもいい。

作るだけでなく、録って聴いてみたいと思うのも自然の流れだった。

『カセットMTR』と呼ばれるカセットテープのマルチトラックレコーダーを買った。一万円ほどで買える最安価の録音機材だった。

自分の歌を録ってみると、カートの数倍は体調の悪そうな声だった。しかし何度も録って聴くうちに、爪の垢ほどだがマシになってきた。「何かが上達する」という喜びを音楽を通して初めて知った。

テープのレコーダーはデジタルのレコーディングとは異なり、極めて原始的な録音機器で、足の親指で録音と再生ボタンを同時に押しながら、マイクに向かって歌う。そのため常に一発勝負だ。たとえば「Bメロから録り直す」なんてことは不可能だった。

完成したらMDコンポを使って、曲をMDに取り込む。録り溜めた「自分全曲集」を聴いていると、何か大きなものに包まれているみたいな心地よさに包まれた。楽曲の質や内容なんかよりも、自分で決めて、自分が進んでいるような全能感は味わったことのないものだった。

九月の終わり、星を眺めながら公園でウイスキーをラッパ飲みしていた。火照った顔に秋の夜空が心地よい、一年に何度かある四季を止めたくなる瞬間だった。

MDプレイヤーからはイヤホンを通して、ヘタクソな自分のギターと歌が聴こえてくる。今日作ったばかりの新曲だった。酔いが回ってきて、ベンチの背もたれに頭を乗せる。酔いには駄曲だろうが何だろうが、名曲に聴こえてくるマジックがある。洗脳された猿のように何度もリピートしていた。

目を瞑って浸っていると、肩を叩かれた。びくっとして耳からイヤホンを取った。警官か教師かそれともPTAかとにかく何かしらの大人か。

「川嶋くん……?」

振り向くと白いTシャツの女の子が立っていた。肩までの髪に、切れ長の上品そうな目には覚えがあった。

「あれ？　片岡さん……?」

同じクラスの片岡美咲だった。ほとんど学校に顔を出していなかった僕だが、片岡美咲とは数回言葉を交わしていた。

いくら登校拒否児でも、学期明けの登校日や学期末ぐらいには顔を出す。その日に行かないとさすがに大問題らしく、無理やり呼ばれていた。

美咲は一年生の時も同じクラスだった。授業のない日は席順が出席番号順になるため、この二年で何度か隣に座ったことがある。

「何してるの？　こんな時間に」

美咲は首を傾げて、頭にクエスチョンマークを浮かべていた。

「えっと、別に……音楽、かな？　聴いてただけやけど」

お前もやろ、と思いつつも反射的に酒瓶が見えないよう、腰の後ろに隠した。

「音楽って何聴いてるの？」

美咲がベンチに腰掛けると、肩までのまっすぐな髪がしなやかに揺れた。

「いや、自分で作ったの……」

酔っていたせいか、吸い込まれるような目のせいか、ごまかさずに本当のことを言ってしまった。

「え!?　凄い！　聴かせて！」

「いや、まだそういう段階ではないというか、誰かしらに聴かせるために作ったとかではなくてやな……」

「聴きたい！」

美咲は速度のある声で、僕の言い訳を跳ね除けた。目を輝かせて、手の平をグッと差し出した。

足が強張ったが、美咲に吸い込まれるようにイヤホンを渡していた。

百を超える曲を書いてきたが、他人に聴かせるつもりなどなかった。でも、もし、聴かせたらどうなるのか。物の本の一章をめくるような興味と期待で、ウォークマンの再生ボタンを押した。

美咲は耳のイヤホンを手の平で押さえ、じっとしている。くるりと上を向いたまつ毛の目には、固唾を呑んでいるような真剣な色が現れていた。公園の明かりが白い横顔に反射していた。

「感想を待つ長さ」を初めて知った。無言で待っている間、夜の公園にシャカシャカと音漏れが響いた。水に潜って息を詰めているような、あまりに長く感じる三分間だった。

水面から浮上するように、美咲はイヤホンを外して顔を上げた。

「すごい……プロみたい……感動した」

美咲の目が濡れていた。

「感動って、大げさな……」

「本当だよ！　感動したよ！　凄いよ！」

感動を得るまで、苦渋に悶えながらロックを聴き続けた修行僧としては、すべての想定を上回る言葉だった。

美咲は両手を合わせて「そっか！　川嶋くんが学校来ないの分かった！」と言った。

「え？　理由とかないけども」

「ミュージシャンになるからでしょ！」

「ミュージシャン？　NIRVANAとかOASISみたいな……？」

「なにそれ？　グループ名？」

美咲は首を軽くかしげて、身じろぎもせず聞いてきた。

「え、まぁそうかな。グループ名……うん、たぶんそうやな」

「私、歌だったらBoAとかジュークとか好きだよ！　愛内里菜とかあゆも！　最近だとストロベリー・フラワーとか！　川嶋くんは？」

「ツェッペリンの2nd……」

馬鹿みたいだった。


それから僕と美咲は時折公園で話すようになった。二人きりで話さないと人間の本質には気づけない。学校という籠の中では、人の心を丁寧に触ることができない。

「あ、こっちの人やないんや」

「うん。小学校までは、経堂ってとこにいたの、世田谷区の」

「狂って動き回るって書くん……？　怖いな」

「違うよ！　経るって字に、殿堂入りの堂だよ」

「せやな。『世田谷区・狂動駅』とかありえへんよな」

僕は半分本気だったのだが、美咲は冗談をくらったみたいに笑っていた。

美咲は「どんな育て方をしたんですか？」とご両親に聞きたいぐらい、素直で優しい性格だった。ドブの底のような日々を送る僕にとっては、地獄に垂れてきたクモの糸そのものだった。どんな人間でも、大概一生に一度はその人間に相応した花々しい時期というものがある。人生捨てたものではない。そして魔法のような話だが、明るいものに触れると、世の中全体すらも捨てたものではないように見えてくる。

美咲との時間が欠片ほどでも僕に素直さをもたらしたのか、学校へと少しずつ通えるようになった。通学が『健康で文化的な最低限度の生活』だとすると、公園での時間はバブル期を思わせる輝かしさだった。

美咲は年の割に大人びているところがあり、よくファッションや読んでいる本の話をしてくれた。つまらないわけではなかったのだが、僕はいつもそれをぶった切って音楽の話をしていた。美咲はそれでもよく話を聞いてくれた。

「やっぱWEEZERやねん。俺もああいうのがしたいねん」

「そうなの？　どのアルバム聴いたらいいかな？」

「やっぱ青か緑かなぁ」

上を向くと冬が近くなった空は黒々と磨き上げられていた。

「外国の人たちの歌も、TSUTAYAに置いてるの？」

「洋楽もちゃんとあるで。あ、でも青やったらCD持ってるわ。良すぎたから買ってもた。貸すわ」

「え、嬉しい！　ありがとう！」

上機嫌でポジティブな言葉ばかり使う美咲の声を聞いていると、心が整っていくようだった。

一週間後の公園で、「青、すごい好き！　毎日聴いてる！」と美咲は大きな声を出した。自分でもすぐにはっとして口に両手をあてて、周りを見渡した。妙におかしくて、こっちまで笑ってしまった。

僕の音楽制作は一段とクオリティが増した。一人でも聴いてくれる誰かがいると、緊張感も意識も数倍になった。美咲に貰った「プロみたい……感動した……」がこれ以上ないほど自らを駆り立てていた。充実感で縫われた靴でこれまでの誤ちを踏み越えて行くような日々だった。命をかけて、燃やして歌を書いて、これぞというものだけを残した。

新曲ができるたび、公園に行った。美咲が必ず来るというわけではないのだが、一縷の望みをかけて待ち続けた。携帯電話も持っていなかった僕たちは「たまたま会う」しかできなかった。美咲が来ると、秋の夜空に新しいシャカシャカが響いた。

「凄い……前のとまた違う感じで、私、これ凄い好き！」

こちらを向いて、明るい表情をさらに輝かせてくれた。

「WEEZERに似すぎやない？」

心では歓喜に打ち震えていることを悟られないように口を開いた。「中二の自意識」はそうやすやすと前後不覚に喜ぶことを禁じている。

「どこか似てるかなぁ？　川嶋くんの声だし、日本語だよ？」

「コード進行とか、落ちサビの具合いとかかなぁ……展開も一緒やし」

「うーん。分かんないよ！　でもそれってもう、模倣とかマネじゃなくて、オリジナルってことじゃないかな……？」

「まぁ、そういうとこは分からへんよな。素人には」

いっぱしの口を利く僕に「分かんないよ！　でも凄い好きだよ」という言葉が返ってきた。

ベンチの上に置いた拳を握ると、胸の奥底が熱く泡立った。知識のある馬鹿と無知な聡明さを持つ少女の会話は引きで見ると、ほとんどコントだった。

ある日は調子に乗ってギターを持っていった。美咲が聴きたいと言ってくれたので目の前で歌ってみせた。

住宅街の狭い夜空に全力の大声が跳ね返った。歌い終わった瞬間に「うるせーぞ！」と建売住宅の二階から怒鳴り声が飛んできた。

ケースにしまいもせず、むき出しのギターを持って、僕と美咲は公園から走って逃げた。恐怖は感じなかった。二人とも、むしろ笑いが込み上げて、まるでくだらないブラックジョークのようだった。

近くのスーパーのベンチに腰を下ろして「生演奏のほうが全然いいね！」と息を弾ませて、美咲が笑った。

「初ライブが途中で中断って」

さすがに僕も笑うしかなかった。

「中断して、帰っちゃうなんてOASISみたいじゃん！」

「あれはふてくされて、勝手に帰ってるだけやん」

二人で大笑いして、すぐにはっとしたように口に両手をあてた。動作がまったく同じで笑いをこらえるのに苦労した。

「ていうか、OASIS聴いてんな」

「うん。借りたCDにね。白い冊子が付いてて、それ読むの楽しいんだよね。伝記みたいで」

美咲は両腕が抜けるぐらい伸びをしていた。

「でも、ほんとに生演奏のほうが良かったよ。ありがとう」

美咲の笑顔はあまりに華やかで、ふと泣きそうになった。歌って感謝されるのは、魂を素手で掴まれたようだった。

自動販売機で同じアイスコーヒーを買った。

「まぁ、でもこんな訳分からん歌作ってもな。プロになれるわけじゃないし」

「なれるよ。川嶋君、才能あるもん。だってBoAの曲より、私好きだよ！」

「BoAかぁ……BoAと比べられてもなぁ……でも、なれへんかったら？」

「ロックのことは、あんまり分からないけど、芸術って全員を気持ちよくするものじゃないんじゃない？　川嶋君はプロになれるし、なれなくても大丈夫だよ！」

美咲は一つの間もなく即答した。

美咲はたまに、そんな「センスのある言葉」を扱う女の子だった。そのいくつもの言葉のおかげで、これまでの鬱積や「中二の自意識」が成仏していくようだった。

それでも「あの場所」のことは黙っていた。魅力を分かってもらえるか不安だったし、あそこは僕にとって、どこか恥ずかしいものになっていた。それにあの時間、感じていたことはきっと幻想ではないけれど、それを誰かにうまく説明できる自信はなかった。いや、それは言い訳だ。本当は違う。

もう悪意の有無にかかわらず、大切なものが汚される、あの、胸がキリでえぐられるような痛みを感じたくなかったのだ。

栗田の放った「そんなにいいか?」という悪意無き矢は、まだ僕の心臓に突き刺さったままだった。思い返すと古傷が疼くようにじくじく痛んだ。血が流れていないだけで、たしかに痛覚は悲鳴をあげていた。

しかし夏が来て、僕は美咲をあの神社に連れて行くことになる。キッカケはなんでもないことだった。

三年生の夏休み、僕と美咲は昼間も会うようになっていた。

「恋人」なんて言葉が使えるほどではないけど、休みにクラスメイトと会うだけで「特別」だった。

木々のトンネルと葉の天窓で覆われた並木道にはまばらに光が差し込んでいた。

スニーカーを引きずる僕に美咲が「ほら、また引きずってる！」と笑った。自分としても不格好なので直したいのだが、習性というものはなかなか直らない。

「自分やと気づかへんもんやな」

「靴すぐ擦り減っちゃうよー」

「踵ばっかし穴あくねん」

「足上げないと！」

「入場行進みたいやな」

この幸福の絶頂が続くことを祈っていた。このまま時間が止まればいいのに、と心から思っていた。

体の癖や習性は簡単にとれないように、物の見方も同様だった。僕はいつまで経ってもどこか根拠のない怯えを抱えていた。その悪寒がまた自分に酒を飲ませてしまうのだ。これはいけないことだ。「未成年は」などという条例での禁止がいけないのではない。本当に駄目なのは逃避としての自失だ。美咲の晴れやかな顔を見ているとあってはならないとは思うのだけど、どうしても切り捨てることができなかった。

横を見ると、美咲がいたずらっぽく下唇をくわえて笑っていた。

「ねぇねぇ、秘密にしてることを一つだけ教え合おう？」

美咲はたまに独特の喋り方をした。疑問文じゃないのに、語尾が持ち上がる神秘的な口調だった。

「魂に色気がある」とでも言えばいいのか、改めて本当にセンスのある娘だった。

その声に心が無防備になった。

「俺、学校あんま行ってなかったやん？」

「うん……あれ？　あんまり？　全然来てなくなかった？」

「ほら、あれやん。登校日とか学期末は行ってたし……」

「あれはノーカンだよ！」

「ギリギリカウントしてや」

「だめ！　ノーカン！」

美咲は笑って首を振った。

「秘密かぁ……」

「栗田と幼馴染ってのは？」

「友達から聞いた気もするけど……でもそれ秘密かなぁ？」

「だってあいつ、長田どころか灘行くねんで」

「灘高⁉」

美咲は分かりやすいほど驚いた。

「村上ファンドみたいになるんちゃう？　ハーフとは言え、村上ファンドが日本一の金持ちやろ」

「川嶋くん……村上ファンドは名前じゃないよ？」

「え？　ジョン万次郎とか滝川クリステルの法則じゃないん？」

「ちょっとだけ、違うかな……」

おはじきほどの大きさの声だった。

「中学入ってから、酒とタバコばっかやってたのは？　まぁほとんど酒やけど。タバコ吸うと歌いにくくなるしな」

「あ、それは知らない！　未成年なのにダメだよ！」

「でも酔ってないと、ちょっと無理やったかもしれんねん……」

美咲は腕を組んで、「うーん」と言った後に、「まぁ無理なら仕方ないか！　あくまで、ルールと常識だしね！」とまた笑った。

「学校行くのもルール守るのも、常識やもんな……非常識人間にも居場所があるとええねんけど……」

今度は僕の声がおはじきになった。

「でもね？」

美咲がゆっくり口を開いた。

「私は常識ばっかり信じて、現実に移しちゃうのって、一番危険な気がするんだよね」

その通りだな、と心でつぶやいた。

「川嶋くんはちゃんと自分の頭で考えて、自分が信じてるもの信じてるじゃん！」

「ここから……」

喉が絡んだ。

「ここから、ちょっと遠いねんけど、山の上に神社があんねん、そこにやぐらがあってな？　毎日そこにおったな。これはたぶん秘密かな……」

「え!?　それは知らない！　秘密だよ。それ！」

「俺はそこめっちゃ好きやってんけど、ええと、友達連れて行ったらボロクソに言われたわ。あれはキツかったな」

栗田の名を出すのは無粋に思えた。

「そんなのはさ、受け手の力量だよ」

美咲はゆっくり微笑んで、「私も連れて行って」と言った。

「うん、まぁ行ってみよか……」と答えた。

夏たけなわだった。烈しい太陽光線に灼かれながら、美咲を荷台に乗せて、自転車をこいだ。後ろから「すごい天気だね！」と声がする。美咲のストレートの髪は肩の下まで伸びていた。

「山やぞ！　大丈夫か？　登るのホンマしんどいぞ！」

向かい風を切って、ペダルを踏みつける。

「大丈夫だよ！　私バスケ部だもん！」

「一回戦でボロ負けして引退してるやん！」

「言わないでよ！　勝ち負けはしょうがないじゃん！　ねぇ、それより重くない？」

「全然重くはない！　もっと食ったほうがいい！」

しばらく自転車をこいで、山のふもとについた。あれだけ毎日来ていたのに、急に足が遠のいたせいで、もう何年も来ていないような気がした。

ただ、何も変わっていない。のんびりとした稜線が空にむき出して、山というには低く、丘というには大きい。

「ここで降りて、歩かなあかん」

美咲を支えて自転車から降ろした。

「これは凄いね……地元にこんなとこがあったんだね」

「途中でキツくなったら言うてな？」

「うん。ちゃんと言うよ」

自動車教習所のコースみたいにくねくねと曲った道が続き、その後、標高を一気に稼ぐ急勾配がやってくる。

七月下旬の猛暑のせいで、山道は余計に険しく感じられた。鳴きまくる蝉は命の限り、声を荒げている。

「蝉の声が近いね」

「え？」

蝉時雨の轟音で美咲の声が聞こえなかった。

「蝉の声が！　近いね！」

「蝉な！　こいつらはたぶん！　一昨年のやつらの子孫！」

「蝉って！　成虫になるまで地面に七年潜ってるんじゃなかったっけ!?」

「そんなわけないやろ！」

「どっちにしても、ロマンチックだね！」

「どこまで行っても、蝉やけど！」

美咲は汗で髪が顔に張り付いているのを気にも留めないで、ニコニコしながら歩いていた。時折、膝に手を置いて、「たしかにきついねー！」と歌うように笑った。

道が狭く、一人分の幅しかないため、隣を歩いてやることができない。

楽しそうにしている美咲を尻目に、怯えていた。頂上が近付くにつれ、栗田の「そんなにいいか？」が何度もフラッシュバックした。胸が圧迫感に襲われる。もしも美咲に「これ？　そんなにいいかな……？」などと言われたら、どうすればいいのか。そう思うと生きた心地がしなかった。

自分の大切な人に、自分の大切なものが否定されるかもしれない恐れで、気温以上に汗が噴き出た。

神経が肌に突き刺さってくるような緊張を美咲に悟られないよう歩みを進めるしかなかった。

「もうちょいで、着くからな」

「全然大丈夫だよ！」

「バスケ部はタフやねんな」

「一回戦で負けちゃったけどね」

愛嬌のある微笑を浮かべた口元が「でも楽しみだな！　神社とかやぐら早く見たいよ！」と言った。

美咲の期待感が高まるほど、肩口に兆した戦慄がどこに駆け抜ければ良いか分からず、背中を走り、腕や足に散った。

登りきると空が抜けるような青さに澄み切っていた。ひと塊の風が柔らかく吹き上げてきて、体を爽快感が包む。ほのかにゆらめく芝と、遠くで山道に茂っていた葉の音が何重奏にも重なって聞こえる。登坂の険しさと登頂時のコントラストも相変わらず完璧だった。

神社はあの日から、何一つ変わらずに小さいながらも悠然としていた。長く留守にしていた故郷に戻って来たみたいだった。

自分の感性も神社の佇まいも、あの頃と何も変わっていないことに胸を撫で下ろした。やっぱりここが好きなんだと肩の筋肉がすっと緩むのを感じていた。

「わーー！　着いたーー！」

美咲の声が後ろから聴こえた。

「気持ちいい！　川嶋くん、こんなとこひとりじめしてたなんてズルいよ！」

いつもより声に張りがある。こんな声の出せる娘だったのかと驚いた。

「あ、神社ってこれだよね？」

美咲は小さな鳥居を見た。

「小っさくてショボない？」

「ううん。今まで見た神社と違って、デリケートな感じがする」

「デリケートか……神社に向かって、デリケート……別に無人なだけやけど」

冷やかすわけではないが、必要以上に神経質な表現だと思った。

「でも、きっとここには神様がいて、辛い時の川嶋くんを守ってくれていたんでしょ？」

冗談にされてはたまらない、と言ったような真剣な声だった。

「まぁ、せやな……」

気圧されたように同意した。

美咲は小さな体で、王様みたいに堂々と胸をはって神社に近づいていった。賽銭箱の前まで来ると、小さな財布に手をいれて、千円札を取り出した。

「おい、片岡」

「何？」

「いくらなんでも、それはあれやろ、高すぎるやろ」

「高くないよ」

夏目漱石の顔が美咲の両手の中、風に吹かれている。

「賽銭箱に千円も入れるアホおらんやろ、どう考えても、めちゃくちゃやろ……」

しどろもどろに脈絡のない言葉を並べる僕を尻目に、美咲は千円札を賽銭箱に入れ、両手を合わせて目を閉じた。

「マジか……」

口が半開きになり、固まってしまった。

「史上最高額だよ！」

美咲はこっちをくるりと振り返り、両手を広げた。きめ細かな長くなった髪が風に吹かれていた。

「何でなん……？　家、金持ちやったっけ？」

「だって、ここは大事な場所なんでしょ？　お小遣い半月分！　ありがとうございます、って気持ちだけでも届けたくて！」

輝いているように見えた。陽光もあるが、美咲自身から光が発散されているとしか思えなかった。

「やぐら、登ってみる？」

「もちろん！　登らないと！」

吸い込まれそうな声だった。

手をつないで、やぐらに登った。あの頃と変わらない箱庭みたいな町が眼下に見える。雲一つない空がパノラマで広がる。額に収めて飾りたくなる風景は相変わらずだった。山道の疲労が一気に吹き飛んでいく。

「凄い！　綺麗！　ちゃんと地球の丸さが分かる！」

美咲は小さな町を、まるでグランドキャニオンであるかのように、何の混じりけもない明るい顔で眺めていた。

嬉しかった。でも嬉しいはずなのに、感情をうまく表に出せなかった。

これまで味わった苦味、寂しさ、そして例えようのない嬉しさを全部、口に含んだような気持ちだった。

「ねぇねぇ！　あれ学校かな!?　ねぇ、あれは？」

口の中の入り混じった気持ちを飲み干すと、美咲の声が遠く感じた。

空も神社も町もやぐらも、すべてが独りだったあの頃と同じだった。それなのに何故だろう。誰かと手をつないでいるだけで、世界の感じ方や見え方はまるで違う。

青空が目にしみるほど濃く、風は体の中を通過してるみたいに涼しい。美咲と一緒に見ると、僕を苦しめてきた小さな町も、恥部となっていたこの山頂も、眩しすぎるぐらい美しかった。

この神社とやぐらは誰とも喋りたくなくて、つながりたくなくて、辿り着いた後ろ暗い場所だった。そんな防空壕が世界で一番尊いものに化けた。

頭の中でキーンと音がする。

「いいとこね！」

つないだ手の先から、風鈴のような声が聴こえた。何故かは分からなかった。分からないけど、手をつないだまま、つないでもらったまま、耐えきれず泣いていた。

物体から足が生えてきて
ひとりでに走り出す

2015年 8月

「名前変わってもうたな」

運ばれるギターアンプの向こう側から徹也が言った。

「ＴＳＵＴＡＹＡって……ビデオ借りるわけちゃうのにな。むちゃくちゃ語呂悪いし」

僕は伸びきった両腕で重量を支えていた。

「今日ソールドやって」

徹也は顎を引きながらカニ歩きをしている。

「スリーマンでソールドはいかついな」

「一バンド、二百人近く呼んでるってことやもんな。目ん玉飛び出るわ」

「おい徹也、ウエストで目ん玉飛び出てたらコーストで眼球破裂すんぞ」

「川嶋、ウエストじゃなくて『TSUTAYA O-WEST』な」

「……やっぱ言いづらすぎるわ」

エレベーターに三十八キログラムの塊を置いて一息ついた。機材の搬入が終わった。

今でもこの状況が信じられなくなる時がある。こうもトントン拍子に物事が進むとは思ってもいなかった。

　足元さえ見えない、真っ暗な日々だった。山中の真夜中にクライミングしているような恐怖だった。もはや何の展望もなく、じりじり枯れていくと半ば諦めていたが、神はいる。捨てる神あれば拾う神あり、継続は力なり、石の上にも三年だ。

神は千駄ヶ谷にいた。聖地はイスラエルやイタリアなどではなく渋谷区にあった。

「金銭的にキツイ。作れないのも演《や》れないのも続けられないのもキツイ。それでも止まらないし止められないし」

Twitter に自棄ツイートを呟いたら、一通のDMが届いた。

「はじめまして。工藤と言います。1stから3rdまでずっと聴いてます。ライブも何度も拝見させて頂いています。鼻クソみたいなフリーターだった自分が起業できたのは、川嶋さんのおかげです。今も昔も川嶋さんの歌に救われています。差し出がましいかもしれませんが、一度話せませんか?」

低すぎるほど腰の低い文面だった。送り主のプロフィールを辿ると、音楽業界とは無関係のPR会社の社長だった。

これまで数十もの企業を訪問してきたが、すべて僕からのラブコールだった。誰かからのアクションを受けたのは初めてだった。

「あしたにでもお話しできますか? お伺いします」

誘われた嬉しさのあまり、矢のような速さで返信した。

「お返事ありがとうございます。光栄です。何か力になれることがあれば嬉しいです。あしたの十三時はいかがでしょうか。弊社の住所を後ほどお送りしておきますね。お待ちしております」

まだ何も決まっていないのに鳥肌が立った。希望というやつは、手掛りを感じるだけで震えるほどに嬉しい。

もしかしたらこの空しい日々を塗りつぶせるかもしれない、贅沢は言わないし夜のままでもいい、白夜ぐらいにさえなれば、足元さえ見えれば、ギリギリなんとか歩いていける。

思考回路に前を向くための言葉がいくつも渦を巻いた。久しぶりに視界が明るくなった気がした。


午後の陽が暖かに春を炙っていた。

新宿駅で中央総武線の黄色い電車に乗り、シートに腰を下ろしたが、千駄ヶ谷駅には五分足らずで着いてしまった。

改札を抜けると東京体育館が眼前に現れ、自分という存在が芥子粒《けしつぶ》に思えた。

千駄ヶ谷というのは聞き馴染みのない地名だったし、新宿近辺にあることも知らなかった。何事もそうかもしれないが、神は案外近くにいるもので、チャンスはすぐ側にあるものらしい。

辿り着いたオフィスビルは、いくつもの直方体が突き刺さっているような幾何学的な建造物だった。高すぎもせず、低すぎもしない、十階建てほどの高さが芸術的な品の良さを放っていた。

書いてあった住所は九階だった。銀色に光るエレベーターが目に入ったが、なんとなく気が引けて階段を使った。

『LUCK & PROMOTION』という看板がクリーム色の壁中央に貼られていた。プレートはこれまた銀色に輝いていた。

「あ！　川嶋さん。初めまして！　ＤＭした工藤です！　よろしくお願いします！」

出された右手につられて握手を交わした。手から力強さとエネルギーが伝わってきた。

工藤さんは高身長で意志の強そうな、それでいて海のような穏やかな目をした人物だった。特別に装いをこらしたわけでもないのに、都会の水で磨かれたようなファッションも相まって、一目で「デキる男」というオーラを放っていた。

「ＤＭありがとうございます。むちゃくちゃ嬉しかったです。よろしくお願いします」

「ぜひぜひ！　入ってください！」

工藤さんはセキュリティキーの番号を四、五回押した。

最奥まで見渡せないほどのオフィスでは、数十名の社員が Macintosh のキーボードを鍵盤のように叩いていた。

バランスボールとかいうらしい、青色の球体に座って作業をしている男性や、立ち飲み屋のバーカウンターみたいな机で立ちっぱなしで仕事をしている女性が混在していた。カラフルなマットが敷かれたスペースに至っては、幼稚園児ほどの子どもたちが遊んでいた。

「なんか……凄いですね。普通の椅子に座っている人もおらんし、うまく言えへんけど、見たことない光景です」

「バランスボールとかスタンディングワークですか？」

「はい」

聞いたことのない単語に対して「はい」と答えた。

「オフィスワークは座って行うもの、と考えている人が多いんですけど、慣れてくると、こっちのほうがみんな楽しそうなんですよ」

「座って働かないほうがいいんですか？」

「私も聞きかじっただけの話なんですけど——」

博識を抑えるように、遠慮がちに工藤さんは言った。

「長時間、椅子に座ったままの姿勢でいると、第二の心臓であるふくらはぎがほとんど動かないじゃないですか？　下半身の血行が悪くなることで、仕事のパフォーマンスが下がるらしいんですよ」

「たしかに……座って歌うのと、立って歌うのだと、ボーカルのクオリティ違いますもんね」

上背のある工藤さんを見上げて言った。

「仰る通りです。でもこういう働き方を取り入れて文化にするのは怖かったですよ。それこそ託児の福利厚生なんて、非難囂々でしたよ」

工藤さんはそう笑った。

「社長なのに、ですか？」

「社長だからこそ、立場を笠に着ちゃいけないと思うんですよ。慎重に進めて、いざやる時は勇気を振り絞って、思い切って、清水の舞台から飛び降りるんです。そうすると社員のみんなが少しずつ味方になってくれたんです」

工藤さんは埠頭から海を眺めるような目でオフィスを見渡していた。

「会社の経営って、勇気まで振り絞るもんなんですね」

「一番勇気のいる道こそが進むべき道だ、って教えてくれたのは川嶋さんですよ」

工藤さんは嬉しそうに僕の作った歌を口ずさんで、応接室へと案内してくれた。

「いいですよ。やりましょう！」

工藤さんは膝を平手で叩いた。

「ありがとうございます……！」

胸が苦しくなるほどありがたかった。頭を下げてはいるが、土下座したいほどだった。柔らかな絨毯は、安い頭の擦り付けがいがありそうだった。

「でも、どうやって報いましょう……なんもないんすよね俺ら……」

頭を上げて、おそるおそる言った。

「これまで出したCDの代表出版とか原盤は持っていないんですよね？」

「そうですね……全部レーベルと事務所持ちです。マーチャンはうやむややから何とでもなりますけど……」

「マーチャンダイジングですか？」

「あ、俺らの言葉やと『グッズ』とほぼ同じ意味です」

工藤さんはしばらく顎に手をやった。表情からは何を考えているのか見えなかった。対局が終わった後に、棋士がじっと碁盤を見つめているのと似ていた。どこが敗因であるかじっと検討している顔つきに近かった。

十秒ほどだった。閃いた、と言わんばかりに工藤さんは両手を叩いた。皮膚が破れ、肉が裂けるんじゃないかというぐらいの勢いだった。

「一枚、アルバムを一緒に作りましょう！　ミニでもフルでもかまいません。マーチャンやチケッティングのあがりは一切触りません。バンドに役立ててください」

「え、新作を録れるんですか？　ていうかそんな好条件でいいんですか……？」

「はい。その原盤権を弊社がお預かりするというのでいかがでしょうか？　その代わり、制作費、プロモーションの費用なんかは任せてください！　楽曲の代表出版は一緒に探しましょうよ！」

工藤さんの顔は、世の中にこれ以上嬉しそうな表情はあるまいと思われるほど輝いていた。

「私も一度、音楽制作に関わる憧れはあったんです。絶対面白いですよ！　それも川嶋さんと一緒にやれるんですから。川嶋さんだってご自身でこれまで何十社も営業回ったんでしょう？」

「そうすね……まったく相手にしてもらえんかったけど……」

「その営業経験は活かすべきですよ！　私も一緒にやりますんで、やりましょう！」

あの地獄の日々が役に立つのかもしれない、というのは目から鱗だった。

「俺は営業って言うより、『今後出た利益、全部譲るから助けて』って話をあちこちの会社にしてただけなんで……なんとも……」

「もったいないです！　そんなの足元見られて、きっと結局生返事で終わりじゃないですか？」

「そのとおりです。断りの返事すらもらったことないですもん」

「たぶん、音楽事務所の担当さんも決裁権はないんだと思いますよ。獲れる相手に獲れる商材をぶつければ、うまくいくはずです！　川嶋さんの曲はまだまだ売れるはずです！　一枚でいいんです。本気でやりましょう」

目の前が明るさを帯びていくのを感じた。工藤さんのカリスマ性に触れているうちに、本当にうまくいく気がしてきた。

「これからは事務所とかレーベルとかのしがらみもないわけですから、クラウドファンディングだってできますよ！」

「クラウド、ファンディング……？　って何すか？」

カタカナが一割も理解できなかった。

「イギリスで生まれた資金調達です。うちの会社もいくつかのプロダクト制作に参加してます。再来月あたりには『この世界の片隅に』って映画の制作に参加する予定です」

「ちっさいインディーズの自主制作映画みたいなもんですか？」

「今年のグラミー賞ノミネート七部門なんて、全部クラファンでの制作なんですよ！」

工藤さんの熱に僕の中の弾まない空気が少しずつ膨張していた。

「なるほど……金恵んでくれとか、乞食《こじき》めいたものってわけじゃないんですね」

「フーファイターズとかＳＵＭ41もやってますよ！　ケイティ・ペリーも先日、ＴＬＣのプロジェクトに参加していました」

「ホンマですか……でも、それにしても何でやるんやろ？　みんなロスに豪邸建ててんのに」

彼らのロサンゼルスの自宅を映像で見たことがあった。

「金銭じゃないんですよ。ブランディングです。作品制作に参加してもらうことで一体感が生まれて、結果セールスが伸びるんです。欧米でのＣＤ衰退はもう余命いくばくもないですからね。面白いソリューションですよ」

カタカナの弾丸に知っているビッグネーム名が入っていて混乱した。

「まぁクラファンはともかく、一枚ショットで一緒にやってみましょうよ！　川嶋さんも私のことをよく知らないわけですし、私がケタ違いの無能かもしれないじゃないですか！」

私は川嶋さんをよく知っていますけど、と工藤さんは冗談めかして笑った。

「そこから先のことは、先になってから考えましょう！　それでもお互い付き合いたいってなったら、続いていくはずです！」

地獄の日々は拍子抜けするほど、あっけなく終わりを迎えた。

数百人の若者が手を挙げている。人数分の声が合わさり、地鳴りとなって空間を揺るがしていた。肩から下がったテレキャスターをかき鳴らす。苦労して徹也と運んだギターアンプから芯のある音が飛んでいった。音速の矢が、数百枚のバンドTシャツに突き刺さって、TSUTAYA O-WEST の歓声は怒号のように増していた。

昔はライブの出番前になると震えるほどの緊張から、本番直前まで深呼吸を繰り返していた。それでもステージに立てば、アドレナリンが出て興奮した。カッと血の匂うような闘争心が湧いてきて、生きている感覚が全身に宿っていた。

しかしここのところ、何も感じなくなっていた。出番前もただ気だるく、一曲目のフォーカウントを背中で浴びても高揚しない。

搬入が終わった後、いつもに増して気合いが入らないので、咳止めシロップを一気飲みした。これがけっこう「効く」のだ。

大声でフロアを煽るが、頭はぼんやりしたままだった。気合いが乗らないままBPM180を超えるパンクナンバーが、ステージから、自分の喉から、次々発射されていく。

発射台は紛れもなく僕なのに、自分を観察している気分だった。

やる気がないわけではない。本気で歌っているのに、体も熱を帯びているのに、どこか自分のボーカルが起訴状を読んでいるような、事務的な声に聴こえる。

一番奥の「非常口」と書かれた、緑のランプ目掛けて歌う。この「どうも、さっぱりおもんないな」という心根をライブキッズたちに見破られたくはなかった。

大勢の客と目が合うのが気まずくて、最近はいつもライブハウスの最深部に向かって歌っていた。

小学生の時の合唱コンクールはそうしていた。緑のランプ目掛けて歌った。親族、教員らと目を合わせたくなかった。

大人たちに「誰に向かって歌っているのか?」と聞かれたら、「自分自身にですよ」と答えていたと思う。『翼をください』や『大地讃頌』を自分自身に歌う気味の悪い子どもだった。

ライブは後半に差し掛かるにつれ、よりピーキーになっていく。ミュージックビデオに選ばれた曲を畳みかけて、クライマックスに向かって紅蓮の炎のごとく白熱は本格化していく。

徹也のスネアドラムが正確なリズムポジションよりも前方に来て、シンイチロウの機関銃のような十六分音符の発音が強くなる。爆音は絶え間なく広がっていき、フロアの熱もいよいよという感じになる。

反比例して、僕は自分の肩こりが気になり、早くシャワーを浴びたくなり、さっさとコンビニで酒を買いたくなっていた。倦怠の苔が生えた自分と、空間とのギャップが忌まわしかった。

最後の曲を歌っている時、「やっと終わりか」と緑の非常口ランプからつい目がそれて、壁にもたれている女性が目に入った。

一瞬誰かと思ったが分かった刹那、寝起きの顔に水をかけられたような驚きが走った。自分で自分の目が見開かれるのが分かった。

三号棟の医師の隣にいた看護師だった。

ライブはすっかり頂点を迎えて、幕が下りていた。


工藤さんと過ごした数ヶ月は僕たちの状況を一変させた。

ミニアルバムを完成させると、工藤さんはすぐにあちこちの媒体メディアに営業をかけた。何件かの打ち合わせについてはいったが、工藤さんのスピード感と説得力に圧倒されて、ただただ借りてきた猫のように押し黙っていた。

工藤さんの手腕は凄まじく、次々と独特のプロモーションを電光石火で打ち出した。ＰＲ会社の社長という立場上、メディア関係にも多くのコネクションがあり、『LUCK & PROMOTION』の業務とロックバンドの運営は相乗効果が思いのほか高かったらしい。本業の売上げにも僅かながら貢献できたのは嬉しかった。

「私は音楽業界からしたら、よそ者の素人ですからね」

工藤さんという人はどこまでも謙虚だった。それなのに音楽業界に何年も居座っている社員なんかの何十倍も有能だった。能力も高いのだが、仕事そのものを少年のような心で楽しんでいるところがあった。その情熱がいつの間にか周りを巻き込んでしまう本物のカリスマだった。

外回りの帰り、表参道のオープンカフェに連れていってもらったことがある。春の陽ざしがいたるところの磨かれた金属に跳ね返ってキラキラしていた。

工藤さんは定食が食べられるほどの価格の珈琲を注文して、「プロモーションというのは当人、商品の性質、芸風、音楽性、人間性とマッチしていることが重要だと思うんです」と語った。理想とこだわりの話をする時、熱くなり、いつも姿勢が前のめりになっていた。

「猫も杓子もとりあえずテレビや雑誌にブチ込んどけ、じゃあかんってことですか……？」

「マキシマムザホルモンが紅白出てたり、ラーメンズがひな壇芸人だったり、Ａｐｐｌｅがパチモンの携帯電話を発売したり、ハーレーダビッドソンが原付を売ったり、スターバックスの店員が下を向いて接客していたら、川嶋さんはどう思います？」

「たしかに……気持ち悪いですね。無理があるというか、似合わないというか」

「だから無茶はしても無理はしないのが私のモットーですよ。川嶋さんも『これは合わない！』って思ったらいつでも言ってくださいね」

「何から何まで、ありがとうございます」

「川嶋さんを一番分かっているのは川嶋さんご自身です。あくまで私はそのサポートとヒントに過ぎません」

殺菌されたような清潔な語り口だった。

新作のミニアルバムは前作の三倍売れた。ヒットチャートにも二度ほど顔を出した。

「僕たちの曲を好きな店員がいるショップにだけ大量入荷してもらう」という工藤さんのプロモーションが呼び水となった。「メディアではなく現場と店舗から」というスタンスは僕たちもストレスがなかった。

工藤さんは「フレキシブルなディストリビューションとペルソナマーケティング」と言っていたが、僕の頭ではカタカナを何一つ理解できなかった。

無造作に全国流通をしていた今までより、マニアックな存在になったが販売数は上がった。比例して小さなライブハウスでの公演が減り、大きなステージが増えていた。決して豊かではないが、金に引き摺り回される日々は落ち着いた。貧しさから抜けていくうちに、少しずつメンバー間の関係値も以前よりは良くなってきていた。

バンドとしては歓迎すべき、というより喉から手が出るほど欲しかった状態だったし、徹也とシンイチロウは私生活も充実しているようだった。反して僕は、何が足りないのか、どこに文句があるのか……見当もつかないが、残念ながら満たされた気分は手に入らなかった。空しい日々は塗り潰されなかった。

TSUTAYA O-WEST の楽屋は壁自体に鏡が貼りついているせいか、実際よりも広く見える。鏡はよく磨かれていて、キュッキュと洗いたての皿のような音がしそうだった。触ると思い出したくないことが過《よぎ》りそうで胸がぎゅっと閉まった。

自分のバンド名を検索欄に入れると、賛否がズラッと並んだ。

「カッコよかった的なつぶやき、多いな」

Twitterをいじりながら、ビールを空けた。

「実際、よかったんじゃない？」

シンイチロウが陽気な声を出した。

「三曲目遅くなかったか？」

徹也は熱心に腕のストレッチをしていた。

三人しかいない楽屋に会話が飛び交ったが、薄紙を剥ぐように一言ずつ減っていった。

いつしかシュッとタイムラインをリロードする音しかしなくなった。ＳＮＳで自分を調べると、世界中に注目されているような気さえしてくる。ｍｉｘｉ時代から続く完全なる承認中毒者だ。

シャドーボクシングをするボクサーの呼吸音みたいなものが、僕と徹也とシンイチロウのｉＰｈｏｎｅ４から延々と鳴っていた。

「彼女待ってるし先帰るわー」

リロード中毒から抜け出したシンイチロウが楽屋を出た。

「あぁ、お疲れ」

ビールから口を離して、タイムラインを見つめたまま言った。

「川嶋、俺も行くわ」

画面から目を話すと、徹也も着替え終えていた。

「おう。お疲れ」

iPhone4を机に置いて息をついた。シュッという音も、ピコンという通知音もぱたりと止んで、楽屋は辺りの音をすべて持ち去られたかのように静かになった。と思いきや、次の出番のバンドが始まった。

『夢の中で今ももがいてる。いい、それでいい』

爆音は何層もの壁に吸われ、BGM程度に楽屋を揺らした。缶が震えて音を立てた。

一曲目が終わるタイミングでノックがした。

「はい」

ドアに向かって発した。

「こんにちは」

看護師だった。

ライブハウスという決して清潔ではない場所で、ナースという人種を初めて見た。思ったより違和感はない。膝下までのスカートにシンプルな白いブラウスは、彼女をより一層、「普通のお姉さん」に見せた。

「関係者以外、立ち入り禁止なんすけど」

わざとらしくため息を吐いた。

「許可はちゃんと取ったわよ。それに私、昔ウエストでバイトしてたの」

看護師は好意的に口角をあげた。

「なんや。関係者やったんすね」

「関係者って言っても、ただのバイトよ」

看護師は声に軽い緊張を加えて続けた。

「川嶋さん」

「何でしょ」

「もし、間違ってたら悪いんだけど」

彼女は口角をあげたまま、やけに優しい声をだした。それなのに感情が乗っかっていないような不思議な声色だった。

「あなた、シロップもやってない？」

看護師はそう言いながら、僕の隣にゆっくりと座った。丁寧にスカートを押さえる仕草に品の良さを感じさせた。

「咳、出やすいんで」

「お金かかるわよ」

「一本、千二百円は痛いですね。でも咳出やすいんですよ」

わざとらしく空咳をした。喉から乾いた音がした。

咳止めシロップ薬は商品によるが、麻薬の成分であるリン酸ジヒドロコデイン、覚せい剤の原料であるエフェドリンが含まれている場合がある。これらの成分にはモルヒネに似た鎮痛作用や覚醒作用がある。効き目は弱いが、大量に摂取すれば同様の影響がある。

「先生が処方してくれたでしょ？　シアナマイドは？」

「どっかいってまいました」

「なんであなたたち関西人は『どっかいった』って言うの？　捨てたか失くしたんじゃないの？」

看護師は笑顔を崩さない。

「物体から足が生えてきてひとりでに走り出すんですよ、俺らの国では」

敵愾心むき出しで、タイムラインを見ながら答えた。看護師は肩を落として「先生が言ってたわ」とため息を吐いた。

「まだあのおっさんに何か言われるんすか？」

「そうね……『別に俺は中毒患者のあいつが正気に戻ろうが、戻るまいがどうなってもいいんだよ。というよりも、どちらかと言えば目ざわりだ。早く死んでほしい』って」

看護師は笑ったまま強烈な伝言を淡々と話した。昆虫の生態を報告する幼稚園の先生のようだった。

「どんなに長くても八十年ぐらい経ったら、その夢叶うって伝えといてください」

体のどこかが焼けるような苛立たしさだった。

「ていうか、何でわざわざ来たんすか。邪魔やし、それなりに不快なんですけど。俺の生態をあのおっさんに報告でもしなきゃいけないんすか？」

行き場の無い腹立たしさが渦を巻いていた。ここにいない人間に心を荒らされることほど歯痒いものはない。

「ごめんなさい……」

看護師はすべての責任が自分にあるかのごとくかしこまった。ぷつんと会話が途切れた。しかしステージから聞こえてくる音漏れのおかげで、沈黙に圧迫感は無かった。

しばらくすると、看護師は考えを押し出すように口を開いた。

「怒らないでね？　面白いのよ。現役バンドマンの患者なんて他にいないの。患者の作った歌にも興味があるわ。もちろんこれからどうなるのかも。医療の人間としても、野次馬としても、音楽好きとしても面白いの」

「それやったら、モルモットじゃないすか」

「そういうつもりじゃないんだけどね……でも、あなたの歌、けっこう好きなのよ」

いつか高架下で聞いた『やっぱ、ええやん』が思い出された。正直、悪い気はしなかった。モルモットとして扱われる屈辱よりも、聴いてもらって褒められている方が数倍嬉しかった。これも承認中毒の症状の一つなのだろうか。自分の心というものがよく分からなかった。心理学とか客観的なものの見方には精通しているほうだと自負していたが、気持ちなんて薬効一つで変わってしまう。

人生を通してよく分かった。人間なんてものは薬物の前では無力だ。

看護師は微笑みながら「それで？」と質問してきた。

「ライブはどうだったの？　楽しかったの？」

「曲は――――」

声が詰まった。

「曲は頭で考えなくても、歌えるし、弾けます。体に染み込んでるから」

硬直したような声だった。

「心を込めて歌ってないの？」

「すぐに、『心』だ『気持ち』だの言いだすやつがおる。関係者もプレイヤーも」

「それは駄目なの？」

「音楽やねんから」

看護師の目をまっすぐ見た。

「メロディがタフで、刺青みたいに、体に刻み込んだもんだけでええねん。音楽自体、それそのものだけが誰かを動かすはずやろ？　世間はただ俺の作品さえ見てくれればいい。それが立派なもんやったら、俺という個人に用はないはずやろ？　なんか間違ったこと言ってます？」

一気にまくし立てた。

「よく分からないけど……今後もあんなライブをしていくの？」

「あんなって?」

胸の刺々しさが声に乗った。

「川嶋さん自身も気づいてるでしょ? 『お粗末』なんて失礼すぎるから言えないけど……」

看護師は困った顔のまま、薄く微笑んでいた。なんだか急にムキになっている自分が愚かに思え、次に肋骨に諦めの風がすっと通った。

「いや、もうよく分かんないす。楽しいのか、お粗末なのか、何なのか」

微かに笑った。本心だった。

「でも人気もあるじゃない。幸せでしょう」

「幸せ……そういうのは分かんないす。まぁいいかって感じはしますけど。とりあえず地獄ではないし。一昨年を思うと全然いい」

運命論者のように半ば諦めた言い草だった。

「あなたたちみたいな依存症の患者はね。ほとんどのことに鈍感なのよ」

看護師は文章に余白を設けるように少しだけ間をおいて続けた。

「恋人が好きだとか、ごはんが美味しいだとか、音楽が楽しいだとか、そんな素晴らしくて尊いことも感じられないのよ」

微笑みを保ったままの落ち着いた声がすらすらと並べられる。

「痛かったり苦しいことから逃げるためにクスリをやって、素晴らしいことも手放してしまうの」

看護師は習字の終筆にも似た丁寧さで言いきった。

「別に……メシは食いますよ。音楽もやめてるわけちゃうし」

「でもクスリの気持ちよさに比べれば、全部つまらなく感じる。そうでしょ？」

何も言えず押し黙ってしまった。それほど「鈍感になっている」という言葉に心当たりがあった。

「川嶋さん、幸福なんてものは感じ方と気づきなのよ」

「俺あんまし頭良くないんで、その辺、気遣って喋ってくれません？」

「江戸時代の将軍より、今のフリーターのほうが優雅な生活してるのよ。『足るを知る』って言葉聞いたことない？」

「あの……俺は今、平成で暮らしてるんすけど」

「後は自分で考えてみなさい」

看護師は斬って捨てたように言って、楽屋から出ていった。

ライブは終わったのか何の歌も聴こえなくなっていた。まるで時間が死に絶えてしまったかのごとく空間がしんとした。急に当てのない怒りがこみ上げてきた。誰にかは分からない。看護師に怒っているのか、主治医にイラついているのか、それとも自分自身にか、過去か未来になのか。激情が乱雑にこだまして、椅子を蹴り飛ばした。勢いよく壁にぶつかって静けさを破った。怒りを呼気に乗せて吐き出すと、辞めた事務所のマネージャーが脳裏に浮かんだ。生まれてきてから今が一番幸せかと言われたら確実に違う。そしてそれはこれからでもないような気がする。

冷蔵庫のビールを拝借して楽屋を抜け出した。ローソンの前では髪の毛をカラフルにした男女数人が大笑いしていた。屋内も屋外も目障りなもので溢れている。もう何もかもどうでもいいような、口をきくのも億劫な気分になっていた。

ガラスに映った自分はひどく猫背で顔色が悪く、今日見たものの中で一番不快だった。「壊れた椅子の請求をされたらたまらないな」とみみっちい心配事を抱えたまま歩き始めた。

自宅までは車なら二十分ほどだが、歩くとなると一時間以上かかる。

ファンからプレゼントされた財布の中身を見るも、さすがにタクシーに乗る金はない。何万円かする財布に千円札が二枚しか入っていないのが、かえって貧乏くさかった。

「お金かかるわよ」という看護師の言葉を思い出す。

道玄坂上の交番に警察官が立っていたので、つい気配を消す努力をした。缶ビールを違法薬物かのように体で隠しながら歩くと、たまらない憂鬱が心に迫ってきた。

『幸福なんてものは感じ方と気づきなのよ』

最近流行っているどんな歌よりも僕の胸に残っていた。耳が痛くても聞かなくてはならないような、一語一語に心を縫合されているような、麻酔無しのオペを受けている感覚だった。

「感じ方と気づきかぁ……」

喉というより肩から、全身からつぶやきが漏れた。

回る視界で手癖でiPhoneを見てFacebookを開いた。美咲の苗字は金子に変わっている。もう十年以上経つのに、酔った頭でこのページにアクセスすると、悲しいような安心したような心持ちになる。

誰のところにも行けない、打ち明けたい痛みはあるのに、誰かに聞いてほしいとも思えない、なのに誰かといたい、そしてその心当たりがもう誰一人としていない。

憂鬱が巨大な布団みたいにかぶさってきた。

『患者の作った歌にも興味があるわ。もちろんこれからどうなるのかも』

いったい僕はどうなってしまうのだろう。バンドマンという名札は「大人の国」では戸籍として認められていない。

夢追い人と呼ばれる人々には時間と年齢なるビザがある。ビザ切れを起こした芸人、役者、漫画家、小説家、デザイナー、バンドマンなどは「大人の国」に不法滞在していると、無条件に最下層扱いされてしまう。

だけど僕たちは罪悪感を抱えていないわけじゃない。同級生の影をまったく気にしていないわけじゃない。新卒で就職し、企業や社会に大切に育てられ、キチンと生きている友人に負い目を感じないわけでは、まったくないのだ。夢などと言えば聞こえはいいが、熱気の炎が強大なほど、賭ける魂が峻烈なほど、その本人自身も周囲の人々も犠牲にする元凶であることぐらいは分かっている。

丸まった背筋で足を踏み出すも、どうにも膝頭に力が入らない。寂しさが恐怖に変わっていくのが分かる。苦しみを幾らかずつでも和らげるかのごとく、涙がするする頬を伝った。我ながら目を背けたくなるような痛々しい惨めさだった。

高級セダンが三軒茶屋方面へとビュンビュン走っていた。ピカピカのＬＳ４６０やマイバッハ、ＦＵＧＡにＡ８。真っ赤なテールランプが濡れた目にぼやけて映る。

一昨年廃車にした僕たちのハイエースは、ブレーキランプの片方が線香花火みたいに点滅していた。あの車が急に思い出されて、かわいそうになり、次に申し訳なさがこみ上げてきて、涙は顎まで到達した。

萎えた足腰に力が入らなくなって、ガードレールを背もたれにして座り込んだ。流しすぎた涙のために、力を失って、死んだ鶏のように崩れて横になった。地面と頬をくっつけるとアスファルトがどこまでも広がっていた。缶ビールを飲もうとしたが、手の中から消えている。落とした記憶すらなかった。

目の前のコンビニに酒を買いに行こうとした時、一目でホームレスと分かる男が通りかかった。

「すんません」

前触れもなく話しかけた。

「あぁ？」

「これで、釣りもあげるんで、酒買ってきてくれません？　あっこのファミマで」

千円札を人差し指の爪と中指の腹で挟んで、煌々と光るグリーンを指差した。

男は野口英世を無言でひったくって唾を吐くと、そのまま渋谷方面へと消えてしまった。文句を言う気にも、怒る気にもなれなかった。それにしてもああいった日陰者を見ると自分でも驚くほど安心する。

東京の真ん中にいると、世間に自分が通用しないことがよく分かる。家に帰ることすらも難しい。太平洋の真ん中で漂流しているのと、大差ないほどの無力感だった。

全身全霊をかけて立ち上がり、コンビニへと向かう。飢餓に苦しむ難民が水にありつくようにアルコールを手に入れた。

もう一度、ガードレールにもたれて食道に流し込む。酔いが甘くなっていた。先ほどまで広大な地平線に見えていたアスファルトが、何の変哲もない路面に見える。

これでは駄目だ、とポケットに入っていたジアゼパムをガリガリかじりながら、酒を流し込んだ。抗うつ剤というやつはアルコールと合わせると、睡眠剤や風邪薬の比ではない。作用が強くなり、自分が自分でないような状態になる。

「いたいのいたいのとんでゆけ」と言わんばかりに恐怖と「自分」は空の彼方にブッ飛んでいった。意識が、今ではないいつか、ここではないどこかに移動していく。

後は自分で考えてみなさい、幸福なんてものは、今後もあんなライブをしていくの？　夢の中で今ももがいてる、彼女待ってるし先帰るわー、フロアの熱狂、ウエストじゃなくて『TSUTAYA

O-WEST』、無茶はしても無理はしないのが私のモットー、今年のグラミー賞ノミネート七部門、免許証だけ見してねー、来週中には自殺しといて、もう脳がコントロール機能を失っているからな、五番の診察室、裂けた拳、……！　、いつかはバンアパ、考えとくからさ、住民税や国民健康保険、年金、こてんぱんのiPhone4と蹴られた椅子、ベルトコンベアーの弁当、京葉線と幕張、何者かでありたいという感情はあるが、表現に対して嘘をつきたくなかった、今年と同じ数字じゃ完全に赤字、KEYTALK、四番煎じ、バンアパ……

何者かでありたいという感情はあるが、表現に対して嘘をつきたくなかった。

これの繰り返しだった気がする。

プロセス、Bメロ、接続詞

2017年10月

「川嶋さんどうぞ」

診察室までの番号がいくつか続く。「5」と書かれた病室のドアをスライドさせた。

「おう。まだ生きてたんだな」

「すみません」

「で、何で来たんだ？」

医師はカルテを書きながら、こちらを見向きもせずに言った。

「飲んでは吐くになっちゃいまして、何とか飲めるようにしてもらいたいんですよね」

抗うつ剤や睡眠薬とアルコールのブレンドを毎日やっていたら、体が固形物をすっかり受け付けなくなっていた。まともに摂れる栄養はサプリと牛乳ぐらいになり、体重は四十七キログラムにまで落ちていた。

「分かった。胃薬出しといてやる」

医師は僕に毛ほども関心を持っていなさそうだった。

「もう治らないんですかね……？　俺は」

「前に言っただろ、一生綺麗に飲めないって。ここには家族に連れてこられるやつどころか、連続飲酒で出勤できなくなって上司に連行されてくるやつまでいる。お前らみたいなのは強制的にブチ込んでおくしかもう手立てがない」

「入院か……入院って外出とかはできるんですか？」

「葬式とか、生活保護の手続きなんかの場合は許可することもある。別に監禁してるわけじゃないからな」

「ライブは？」

「馬鹿か？　駄目に決まってんだろ」

期待に背負投げをくわされたようだった。

「入院して何をするんですか？」

「特に何もしない」

「え？」

背負投げをもう一発くらった。

「特効薬とか手術みたいなことは、そういうのはないんですか？」

「ブッ壊れた肝臓に薬なんかない。検査と指示通りの食事だけだ。酒を飲まさない生活を徹底的にやるんだよ」

「そんなもんに金と時間払うのも、ためらいますね」

医師は僕の言葉に舌打ちで返事をして、カルテを書き始めた。看護師が見かねたのか口を開いた。

「川嶋さん、もうお酒だけをやればいいのよ。アルコールだけ、それのみにしとけばいいんじゃない？」

一定のレベルに達することを諦めたような声だった。

「いや、そもそも飲めないんですって。飲んだ分吐くねんから」

「相変わらずシロップとかもやってるからでしょう？　どうせ他にも……ゾルピデム、フルニトラゼパム、クエチアピンあたりかしら」

医師がじろりとこちらを睨んで「おい……！」と凄んだ。暴力教師みたいな声だった。

「いや、別に……」

反射的に言い訳めいて真顔になってしまった。人間は嘘をつく時には必ず真面目な顔をしているものである。小学校の「終わりの会」で女子に悪事を告発されたトラウマが蘇って、あの時と同じ表情筋が動いた。

「川嶋さん、しつこいようだけど、お酒だけにしておけばずいぶん軽くなるわ」

看護師が僕の弁解の切れ端を無視して続けてきたので、「もう言うなよ」といった風に顔を歪めて横を向いた。

「私たちからすればね。使用注意と用法・用量を守らないなら、お薬は毒性があるものと変わらないの。お酒だけにしとけばまだマシよ」

「酒が、合法やからですか……？」

「アルコールもドラッグではあるけど、世間は許すじゃない。許しを得るのはいいことよ。あなた、許されないことをしてることで、気持ちよくなっているから」

看護師の淡々と話すさまは、真顔で蟻の手足を千切り、ダルマにしている子どものようだった。

奥歯を噛み締めて「気持ちよくなんかなってないし」と言い返した。声が情けなく強くなった。すると医師が急に身を乗り出してきた。

「なんだお前、『お酒は二十歳になってから』を破って、大人に一泡吹かせた気になってるガキと同じレベルなのか？」

医師が眉を八の字にして、唇の端を歪めた笑みで目を合わせてきた。極端に前のめりになり、先ほどよりもよほど興味津々といった顔つきだった。

「これは笑える。『服用したら飲酒は控えてください』が『お酒は二十歳になってから』に見えているのか……まったく救いようのない馬鹿だな」

屈辱、屈辱……屈辱——晒し者にされたみたいな怒りで視界一面が真っ赤に塗りつぶされた。傷口に針をじっくり抜き差しされているような心痛だった。

「分かった、もうええわ。酒だけ飲んどけって話な。来る意味なかったわ。それにしても相変わらず気色悪いな、お前ら」

恥と敗北の烙印を顔面に叩き込まれたような悔しさに我を失って席を立った。

「そうよ。お酒だけしているほうが、睡眠薬、抗うつ剤なんかで遊んでいるより、よっぽどカートコバーンみたいよ」

焦燥を感じさせる早口が看護師から飛んできた。

「カートがやっていたのはコカイン、ヘロインとかのハードなやつやろ！」

熟達者のラリーみたいに全力で打ち返す。

「たしかに咳止めシロップ飲んで、『俺はルール違反してるんだ!』なんてリアムやカートが聞いたら噴き出すでしょうね」

後ろから嘲笑が聞こえたが、聞こえないふりをして、感情表現を宿した勢いでドアを閉めてやった。バタンと大きく音がして、「5」の文字が目の前に現れた。診察室の中と外の空間が真っ二つに裁断された。

その二週間後に結局、入院を余儀なくされることになる。

自棄になった僕の飲酒量は右肩上がりになり、アルコールと薬の両者が結託してタコ殴りにした内臓は何も受け付けなくなり、胃液をただ吐き続けるようになった。強制的にバンドの活動は休止された。ささやかな抵抗として病院だけは別の施設にした。癪だったが本当に静養しているだけで体は正常を取り戻した。何もせずただ時間だけが流れ、三ヶ月後、退院する頃には二〇一七年は終わっていた。プロセス、Bメロ、接続詞みたいなものがまったくない年越しだった。

ＳＭＡＰが解散した日ぴったりに

2019年12月

新宿の喫茶店『らんぶる』は地下に下りると、王宮めいた雰囲気が漂い二百席が所狭しと広がる。しかしそれと反作用するようにこの地上階席は数席ほどしかない。

「やっぱやれないですよ」

「川嶋さん、来年は二〇二〇年です……もう珍しいことでも、なんでもなくなってるんですよ」

「珍しくないなら、なおさらやりたくないですって」

「じゃあ次の資金はどうするんですか……？　もうさすがにCDはマネーフローとして計算するにはオワコンなんですよ！　今、クラファンさえやれば数百万は調達できます！」

工藤さんを包む気流に怒りの含有量はなく、ただただ懇願だけが漂っていた。

「金は必要です。でも、たぶん俺が音楽を続けて来た理由は百万円が欲しかったんじゃなくて……百万円に辿り着くところを見てほしかっただけなんですよ」

「いったい、誰にですか……？」

ウェイターが珈琲を運んできて、話が中断された。カップからは二本の湯気が立ち上っていた。

「それに工藤さんは俺のする話、全部クラウドファンディングと結びつけてません？」

「シナジーがあるから言ってるんです！　一昨年、シンイチロウさんが辞めてから少しずつファンの層も変わっているんですよ！」

「すみません。シナジーって何でしたっけ……？　そういえば、あいつSMAPが解散した日ぴったりに辞めましたもんね。あれは覚えやすかった」

腕を組んで中空に目をやると、炎を模したオレンジの電飾が鈍い輪郭を放っていた。

「シナジーは、相乗効果です……」

工藤さんはぼやきと共にソーサーとカップに手をやった。細い金属音がした。

シンイチロウは結婚をきっかけに一昨年、僕の退院と入れ替わりで脱退した。

「辞めたい」と打ち明けられた時の衝撃は自分でも驚くほどあっけないものだった。無念ではあるのだが、スマートフォンの充電がぷつんと切れたような仕方なさだった。「モバイルバッテリー買わなきゃ」ぐらいの気持ちで、一現場二万五千円のサポートメンバーを補充した。

その年はやたらに不倫不倫と騒がしかった。波状して「倫理的にはどうなのか」という話題も世の中に蔓延していた。しかし「緊張した精神のまま疾走するなら、倫理とは何だろう」という気になる。そんなものは犬に喰わせていればいいのだとも思えてくる。

もちろん身近な人間の好事は祝福すべきなので、そこに水を差すようなことは言わなかった。人は皆、善行に対する欲求と本能があるのだろう。

結婚式にもきっちりと出席し、中島みゆきを歌わせてもらった。新郎新婦は泣いて喜んでくれた。

「さすが中島みゆき」という感想を胸に秘めながら、出席者数と三万円を掛け算している自分にそこそこ引いた。

「工藤さん、そういや、シンイチロウと先週会いましたよ。あいつの子どもにも。『ベースは絶対弾かせへんぞ!』って言ってました」

シンイチロウの口調を真似て言った。

「そうですか……あの、川嶋さん、何の話をしているんですか……?」

工藤さんの表情は話題を逸らされたせいか、慢性的な消化不良みたいだった。

「あいつ、一番いい辞め方したなぁって話ですよ」

死人に口なしの故人を回想するように述べた。

「いや、すみません。話題おかしくしてもうて。でも今振り返っても、素晴らしい『もう辞めたい』やったなって、思いません?」

「どういうことですか?」

「告白は美しいものだって考えている人間が多いじゃないですか。でもそれは聡明で下心がない場合においてでしかないです。正直、社会に散らばっている告白は大抵醜い」

珈琲を一口すすって思い出す。今日は朝から何も食べていない。

「『こんなことをしてもうた。ごめんなさい。でも正直に言ったんやから、その代償として許してください!』っていう、告白の名を借りた通俗的な商取引するやつばっかりじゃないですか、この世界」

「川嶋さん、本当にいったい何の話をしているんですか?」

工藤さんはじれったいという目つきだった。

「クラウドファンディングに手出さなあかんのなら、バンドなんて辞めるしかないです」

僕が工藤さんに切ったカードは、「AならばBのカードを切るつもりだ」という、まさしく「醜い告白」だった。脅迫的な醜悪さも自覚していた。

「そうですか……まぁ、また話しましょう。徹也さんの意見も聞きたいですし」

「すみません。卑怯な言い草で……でも、俺はもう一回勇気のある道を選びたいんですよ」

工藤さんは僕の言葉に苦笑いだけして、何も言わなかった。

外へ出ると、冬が檻のごとく、空を灰色に染めて、前面に立ちふさがっていた。御苑方面から吹いてくる風は冷えていて、コートのすそが踊り、まさに師走という感じがした。

リオ五輪の開催がつい最近に感じるが、もう来年にはこの東京でオリンピックが開催される。上京して七年が経過していた。

工藤さんとタッグを組んでからの四年余りは浮き沈みあれど順調だった。物事は問題無く進む時には進むものである。メジャーデビュー、NHK、フェスの常連。欲しかったものが雪崩になってやってきた。

僕たちはベルトコンベアーと時代の波に乗り、出荷される弁当としては、「食えるもの」として市場に流通していた。頂点を極めてはいないし、シンイチロウに足を洗わせてはしまったが、音楽を続けられている人間としてはそれなりに「年相応」になっていた。

「『砂を掴んで立ち上がれ』は?」

「あかん。暗い」

「『あしたを面白く』とか」

「それ、今現在がめっちゃつまらんみたいじゃない?」

横浜のランドマークタワーにあるスタジオのロビーはやけに広い。おもちゃや何やらと音楽に不必要なものが乱雑に置かれている。

僕たちはアルバムの制作になると、いつもこのレコーディングスタジオを使うようになっていた。

「あかんばっかやんけ。川嶋もなんか案出せって……曲書いてるんやし」

徹也が気の抜けたため息を吐いた。

「アルバムのタイトルなぁ……こういうのずっと苦手やねんよな。曲名考えるんも苦手やけど。なんでもかんでも『Let's Go』とか『Happy』とかでええのにな」

徹也が「ほら。前にインタビューで『曲名とは最後の一行の歌詞を聴いた後につぶやかれるとハッとするもの』とか偉そうに語ってたやん」と言った。

「あんなもん大嘘こいただけや。実際そんなん一曲もないし、よく考えたら意味不明やし」

「絶対嘘やと思ってたわ……でもその嘘、好きやわ。それっぽくて」

徹也の声を聞きながら、王様みたいに頭と腕をソファの背もたれに乗せた。何メートルにもなる高い天井が見える。

「徹也、ここからどうしたい？」

特に何の配慮もせず上に向かって言葉を浮かべた。

「川嶋は？」

「クラウドファンディングはちょっとな……やりたないな。キモイから」

背筋の反動を付けて頭を戻す。

「イルミネーションに汚されてんなぁ、横浜……」

存在感がなくなるほど拭き込んである窓を見た。横浜の街が「本日はクリスマスイブです」と選挙カーのようなけたたましさで今日の聖夜を訴えていた。

徹也が「クラファン、そんな抵抗あるか？　広島のあの映画、なんやっけ。戦争とか原爆とかのやつ。あれ好きやったけどな。工藤さんも関わってたやつ」と僕に気を遣っているのか、すり足みたいな声で言った。

映画『この世界の片隅に』はクラウドファンディング発にもかかわらず、累計動員数は二百十万人、興行収入は二十七億円を突破する大ヒットを飛ばした。

「それは分かるねんけどな。もうみんなやってるもんなぁ。何でやりたくないんやろな俺……あれかな、クラファンって言い方のせいかもな。キムタクみたいに聞こえちゃうんかもな」

「キムタクに聞こえるなら、普通やりたくなるほうやろ……」

徹也は片方の頬に空気を入れて、後頭部を両手で抱えていた。数秒して、それらをぱっと解き放って笑った。

「まぁ……ばっちりリリースしてがっちりツアー回ればそれでええねん。やりたくないことまでせんでええと思う！」

切り替えたような、気合いの入った満面の笑みだった。

「せやな。クラファンやるぐらいなら、何本もライブやって稼ごうや。俺ら一応バンドマンやねんから」

僕も負けずに笑った。


一昨年の入院、そして退院は革命的な転機になった。

療養からの断酒により、「健康」というものが、かくも素晴らしい財産だと身をもって知った。いつでも思い通りに歌える快感と併せて、体調管理を怠ると気持ちまで黒くなることが分かった。人間という生き物はいったん良さを味わってしまうと、悪いところには二度と戻りたくなくなるものらしい。一度生活水準を上げると下げられなくなる金銭感覚もそうなのかもしれない。日常にハードな運動を義務付けてからは、僕の意識はさらに苛烈し、口に入れるもの、睡眠の質、過ごす場所にまで神経を尖らせるようになった。逆にまとも、健康になる瞬間というのは、あっさりしているのかもしれない。その代償として、やたらと過去に用事が増えた気もする。

一度は完全に諦めた『ちゃんと立って、歩いて、ごはんを食べて、やっていくこと』の話を今こそユリとしたかった。新しいカルチャーが台頭する音楽シーンの中で呼吸する息苦しさをユキナさんと分かち合いたかった。Ｆａｃｅｂｏｏｋ越しに美咲の出産を知り祝福のための歌をひっそり書いたがそれを聴いてもらうための術はもうどこにもない。

人間をそれなりの時間続けていれば、「今こそ伝えたい」という人が心の中に何人か残る。だけどそれを届けられる頃にはもう誰も隣にいない。きっとすべてが整い、聞いてほしい話が仕上がるまで待っていると、人生はいつも少しだけ間に合わない。だから僕たちは会いたい時、会いたい人には会いに行かないといけないし、伝えたい時、伝えたい人には伝えに行かないといけない。

勇気を出して単純になろう。シンプルに、素朴に、一見馬鹿に見えようが、「まっすぐ」なんて言葉の恥ずかしさに負けないように。『ちゃんと立って、歩いて、ごはんを食べて、やっていくこと』の中にはそんな小さな、細やかな答えがあった。

「川嶋、昨日数えとってんけど、俺ら今年はライブ九十六本やってたぞ。来週の幕張で九十七な」

ランドマークスタジオのおもちゃをいじりながら、徹也が僕に笑いかけた。

「百弱か……ヤバイな。二〇一七年が三十本って考えたら凄いな。ていうか俺ら二〇一七年サボりすぎやろ」

「お前がいきなり病院に護送されたからやんけ！」

徹也は探偵が犯人を指差すような仕草をして、笑いながら声を張った。

「ごめんって……でも『再来月には入院の予定があります』なんて告知できへんしな」

「普通にしとったらええねん。普通で！　通常運転に健康にしてたらええんや！」

「徹也よ、普通に過ごして、普通に進める。バンドマンの幸せはこれやな」

僕はしみじみと声を出した。

「お前、ベルトコンベアーの弁当とか言ってたくせに」

徹也はソファに腰でも尻でもなく背中で座って言った。

「ロングセラーの弁当なら悪くないぞ」

窓の外には、冬の結晶が舞っていた。

「じゃ、来年は百二十本目指してやるか。『あしたを面白く』全国ツアー２０２０な！」

「そのタイトルだけはボツな。ダサさを超越してる」


結末や終末はいつもゲリラだ。

大震災は決して予報されず、会えていた人とは「またね」を最後に二度と会えなくなる。いくら警戒しても、準備をしても、いざブレーカーが落ちればすべての想定は覆る。

来年、その暗闇に目が慣れるまで、僕たちは身動き一つ取れなくなる。

それでも人生は続く。青春と呼ばれる時間よりも、何倍も長いエピローグをひっさげて。

2019年12月　ＳＭＡＰが解散した日ぴったりに

料理に対して大きすぎる皿

2028年12月

「二人入れますか？」

「ご予約は？」

「……してないんですけど」

「すみません。ただいま席がいっぱいでして」

「分かりました」

男女二人は重厚な鉄の扉を開けて外に出た。西新宿特有のビル風が二人の肌に注射針のように突き刺さる。

中年の男は寒風から身を守るため、グレーのコートに首をすくめている。女は上着のボタンをぴったり止めている。まだあどけなさの残る顔つきのせいで、就職活動中の大学生にも見える。〝女〟というより〝女子〟という言葉が似合う。

「入れなかったですね」

「金曜だからかもな」

「残念です。実際のライブハウスっていうの、見てみたかったな……」

「まぁ仕方ない。ずっと外にいると風邪をひく。その辺でイタリアンでも食べにいこう」

「はい！」

女子の声色は名前を呼ばれた子どものようだった。

そのイタリアンの店は、柔道の稽古ができるぐらい広かった。テーブルが離島のごとく距離を取り、五つだけ置かれている。

ウェイターがコップを運んできて、赤いテーブルクロスの上に置いた。メニューには、ピッツァやパスタの名前が羅列されている。キリのいい値段が多い。

￥１，５００（税抜き）

￥２，０００（税抜き）

￥３，０００（税抜き）

「税抜き表記が増えてきたな」

「『￥３，７５０』って書いていたら、すごく高そうに見えますもんね」

「復興税みたいなもんだよ。政府が八年前に吐き出した給付金の」

「給付金……って何ですか？　八年前……今、二〇二八年だから、えっと……」

女子は頭の中で引き算しているようだった。

「『特別定額給付金』とか『持続化給付金』って聞いたことないか？　君にも給付されているはずだよ」

「初めて聞きました。子どもだったからかなあ」

「定額給付金は赤ん坊でも貰えたはずだから、振り込まれてはいると思う。もちろんご両親の口座にだけど」

「え！　お母さんにメッセしてみます！」

女子は虚を衝かれたかのごとく鞄からスマートフォンを取り出した。タッチパネルに夢中のため、男の洩らした「与えたものはどこかで回収される」というつぶやきは耳に届いていないようだった。

男は水を一口飲んで、ウェイターにパスタとピッツァを一皿ずつ注文した。ウェイターが立ち去ると、習慣的に『Facebook Messenger』を確認した。パネルに置かれた親指はそれ以上動かず、通知がないことを物語っていた。

「昔はね、この店も倍以上の席数だったんだよ」

男は厨房やフロアを眺めた。

「昔って……どれぐらい前ですか？」

「コロナ騒ぎの前だよ」

「あの時かぁ。私は学校が休みになって嬉しかったな」

女子は遠い目をして、時間を手動でたぐり寄せているかのようだった。

「大きなことが起きると、小さなことが少しずつ変わる。そしてその小さなことは、いつの間にか当たり前になっていく」

「大きいことじゃなくて、小さなことが変わるんですか？」

意外だという表情で女子が聞いた。

「なんだろうな……例えば」

数秒考えこんだ後、男は「東日本大震災の後に『既読』なんて機能が付いた」と言った。

「え!? そうなんですか?」

「当時はLINEだったけどね。既読機能にアレルギー反応を起こしている連中もいたよ。『プライバシーの侵害だ』って。でも、そんなことはもう誰も覚えていない」

「そっか……既読機能なんて当たり前だと思っていました。ていうか今思えばLINEでしたね!」

ビデオチャットの日常化、在留外国人の増加などの背景により、連絡方法の国内シェアは、いつの間にかFacebook社の『Messenger』が過半数を占めるようになっていた。

ウェイターが湯気の立ったパスタと、焼き立てのピッツァを運んできた。料理に対して大きすぎる皿が二枚と、伴侶のようなサラダがテーブルに載った。

「旨い。いろいろ変わったけど、味までは変わらないな」

男はパスタを一口味わって、なんとも満足そうだった。


新宿西口は人通りが多いのに、何故かひっそりと感じられる。巨大な目のオブジェ、交番前で待ち合わせる人々、柱のビジョンから放たれるビジネス向け広告。それらが静かに激突していて、「都会の夜とはこういうものだ」と言われているようだった。

「じゃあ、ご馳走さまでした! また月曜からよろしくお願いします!」

「うん。いい週末を」

女子は寒気に足を速め、自動改札機をくぐり一番線ホームへと続く階段を上がっていった。

電光掲示板の針は二十一時を指していた。駅を歩くサラリーマンもＯＬも若者も、光って美しく見える。冷たい夜の中、セーターやコートに包まれて、皆どこかしらあたたかいところを目指している。

男は硬く重い冬の空気を全身で受け止めながら、ゆっくり歩き始めた。


歌舞伎町一番街の真っ赤なアーチの前で、高校生らしき制服姿の男女四人がたむろしている。雑な円陣を作り、煙草をボックスから出して分け合っていた。

「ほれ、三百円！」

「俺、千円しか持ってねぇ！」

「ちょっと待って！　一、二、三、四……」

四人でお金を出し合って、紙巻き煙草を買っているようだった。

受動喫煙防止条例が施行されてから、煙草の値上がりはスピードを上げ、一箱一二〇〇円前後になった。

髪を金や赤に染めて腕にタトゥーを入れた彼らは、歌舞伎町の喧騒に負けないような大声で無邪気に笑っていた。

空気に酔ったような人の群れの中、男は歩を進めた。二十一時過ぎの金曜日。渾然一体となったアジア最大の歓楽街は絶叫しているみたいだった。

男は十数年前まで『コマ劇場』と呼ばれていた広場を抜けて、右へと曲がり、鈍い渦に巻き込まれるように、職安通りから街の奥へと進んでいった。時折、「お探しは!?」と絡みつく路上の客引きを無視して、その足は歌舞伎町の外れ、古い雑居ビルの前で立ち止まった。はたから見ると、まるで超自然的な磁力に引き寄せられているようだった。

地下への階段が螺旋を描いて続いている。赤い鉄錆のこびりついた手すりに触れながら、下っていくにつれ、男の耳からは地上の騒がしさが徐々に削られていくようだった。

手狭な地下の黒壁には、木製の扉が貼り付けられていた。

扉を押し開けると、ほの暗い灯りの広がるバーが現れた。聴こえるか聴こえないかのボリュームで、the band apart（naked）が流れ、暖房が男のかじかみを温めた。

その店内はショットバーと呼ぶには、不釣り合いを通り越して異様なほど広く、ダンスホールに見える空間には、二百人以上の人間を詰め込むこともできそうだった。

フロアの大きさに反して、バーカウンターはままごとのようにこぢんまりとしていた。カウンターの奥にはボトルを磨くマスターが立っており、手前にはロックグラスを傾ける客らしき女性がいた。

「ジンジャーエールを。辛口の」

男はカウンターの丸椅子に座ると同時にコートを脱いだ。

「ずいぶんお久しぶりですね。ありがとうございます。ドライジンジャーでいいんですか……？」

マスターは鉛色の声で答えた。昔何か大きなものを目指していて、諦めた人間特有の気怠さが漂っていた。

「うん。充分、酒の味はするんだよ」

男はネクタイを人差し指で緩めた。

「マスター、さっきワリカンで煙草を買っている高校生がいたよ。しかも四人で。赤門のゲートのとこ」

「目立つことしますね。補導されなきゃいいですけど……」

栓が抜かれ、瓶から威勢の良い音がした。

「まぁ、あの年頃は背伸びのし合いですから、指導や教育なんて不毛なのかもしれませんね……」

輝く炭酸が大仰な薄いグラスに注がれていき、小さな滝を作った。

「十代っていうのは生命力の塊ですから……恥や外聞を捨ててでも、そういう『禁止されている』ものを手に入れますよ。たとえ捕まったとしても」

そう言ってマスターは瓶からグラスへと渡る雫を見つめた。

「大人たちは値上げにヒィヒィ言って、禁煙しているのにね。うちの会社なんて喫煙者の時点で全員不採用だよ」

男は仰々しく注がれるジンジャーエールをカウンター越しに覗いた。

「若者たちは禁止されている以上、タバコも酒もやるでしょう。中には睡眠薬やシンナーで遊ぶのまでいるでしょうね……法という一線を越えるのも一定数出てくる……」

「まぁあいつらは禁止されてさえいればいいんだよ。『禁止と侵犯』がすべての行動原理だから」

男の口ぶりは少し愉快そうにも見える。

「彼らみたいな青少年はそうですね。親とは毎日のように喧嘩……当然、家にいるのがどんどん辛くなって、似たような仲間と群れて、その結束はますます強くなるもんです」

マスターはグラスの水滴を丁寧に拭き取っている。

「やっぱり、いつの時代もそういうものなのかな?」

「幕府を倒そうとした者たち、安田講堂に立てこもった者たちと心根は同質なのではないですか?」

「たしかに。あの高校生たちの風景は、いつか遠い昔に、どこかで見かけた気がする」

金色のジンジャーエールが男の前に置かれた。水面から千切れ千切れに小さな泡が飛んでいた。

「面白いお話ですね」

会話に入り込む機会を狙っていたのか、女が口を開いた。かすれても透き通ってもいない声に男の耳が引っ張られた。

女は男に軽い会釈をすると、グラスを差し出した。男も右手を伸ばすと澄んだ乾杯の音が鳴り、バーの分断されていた空気が混ざり合った。

「それは、マッカラン？」

女の前に置かれた『The MACLLAN 12』のラベルを指差して男は聞いた。女は前髪についたほこりを落とすように小さくうなずいて、「私、けっこうここに来てたんですよ。現役の時」と軽く微笑んだ。

「現役って……元ライブキッズってやつ？　もしかしてプレイヤー？」

「死語ですけど、まぁそういう類いです……でもプレイヤーじゃないですよ。ステージに立とうなんて思ったこともないです」

「普通、そうだと思う」

「私はハコのスタッフでした。場所は渋谷ですけど」

女は軽く肩をすくめた。

「ハコスタッフって、もしかしてライブハウスのバイト？」

「えぇ。ライブハウスのバイトです」

「ライブハウスの受付とか友達がやっていたなぁ……『最低時給以下だ！』ってぼやいていた」と男は返した後、薄いグラスに口を付けた。炭酸が喉に炸裂したのか爽快そうに息を吐いた。

「私のところは時給六五〇円でしたよ？　でも仕事はずっと楽しかったな。貧乏な分、やりくりも上手くなりますよ」

女の唇はほころんでいた。

いわゆる『ライブハウス』と呼ばれる施設は、現在新宿に二店舗しかない。かつては所狭しと乱立していたが、二〇二二年を境に激減した。

「しかしマスター、この店の客は本当に音楽関係の人間が多いね」

バーカウンターの内側に男の声が飛んだ。

「どうしてもそうなりますね。一見さんお断りってわけじゃないんですけどね……」

マスターは苦笑いを浮かべた。

「それにしても……」

男はそう言いかけて、広々としたスペースに目をやった。

フロアの床にはバミったガムテープの痕がタトゥーのように刻まれていて、その奥の鉄柵は錆という錆に侵されている。さらに先には暗いステージが高く盛られており、両隣には冷蔵庫よりも巨大なスピーカーが埃を被っている。古代人の遺跡のようだった。

「年間に百本以上ライブをやっていた人間がいたなんて、今となっては嘘みたいだな」

『元』フロアを見て男はつぶやいた。

「そうですね……改めて見ると、時の流れに打ち込まれたささやかな杭みたい」

女もステージに遠い目を向けた。過ぎ去ったできごとが次々と目の前に浮かんでいるような瞳の色だった。

「今日、会社の若い子が一度見てみたいと言うから、ふらっと西新宿のハコに連れて行ったんだけどさ。入れなかったよ、残念だ」

男は体の向きをカウンターに戻した。

「それで気付いたら、ここに足が向いていて」

「私も先月、予約なしで行ったら入れなかったです。十年前だったら考えられないですよね」

女の頬にほんのり笑いの渦が漂った。

「『ご予約は?』って、居酒屋じゃないんだから」

男も皮肉そうに言った。

「あら? ライブハウスは飲食店ですよ。飲食営業許可で通してるんだから」

女の声は、絵本の読み聞かせのような柔らかさだった。

「興行場じゃないってことぐらいは知ってるけどさ。それにしてもね……気色悪いというか」

男がそう言ったきり、誰も口を開かない時間が生まれた。言ったことが相手に浸透するのを待つような、おだやかな沈黙だった。the band apart (naked) のアルバムは『2』になっていた。アコースティックのサウンドが穏やかに存在感を増した。

読みかけの本を再び開くように男が「でも」と発した。

「ライブハウスの数が減って良かったこともあると思うんだよね。元スタッフのあなたに言うのは失礼かもしれないけど」

「いいえ……」

女は考えを整えているのか、酒を大切そうに両手に持った。氷はマッカランの冷たい色に透けて、ゆっくりと溶けていた。

「気にしないでください。スタッフといっても『元』ですから。ただ、バンドとライブハウスは『お互いにいい関係』に向かうことが目的の一つでした。お金だけじゃなくて」

傾いたロックグラスの中、鏡のように磨かれた氷がカウベルみたいな音を立てた。

「出演する敷居が、またかなり上がったと聞いてね」

「私が働いていた頃はノルマ代さえ払えば、どんな素人でも出られましたから……」

女は恐縮そうに微笑んだ。

「二、三万払えばネコも杓子もステージに立てたもんなぁ。昔は」

時代が令和を名乗るようになってから、十年近い月日が流れた。

ライブハウスは未熟なミュージシャンが出演できなくなった。毎日、昼のオーディションを開催し、一つ間違えれば、店長から十の説教が飛んでくる、そんな厳しい闘技場へと昇華した。かつてのように牧歌的に「誰でも演《や》れる場所」という様相はゼロになった。若者たちは昼の選別を通過しないと、夜のステージに立てないため、解剖刀《メス》のような店長の鋭い一句一句に全神経を研ぎ澄ました。

スパルタに正比例して、ライブの品質は保証され、すっかりライブハウスは「一般的な」人々も足を運べる施設になっていた。映画館や水族館のような立ち位置に近付いていくにつれ、オーディエンスが体をぶつけあったり、頭上に乗るような危険行為はまったく見られなくなった。

現在、都内のライブハウスは新宿の二店舗、渋谷、高円寺のそれぞれ一店舗しか営業していない。下北沢にも一店舗あったが、これも三年前に閉店してしまった。

「それでも『ロックバンドをやりたい』って言う若いやつらは、減らないですね」

男の口調は活字を並べて、区切るようだった。

「『音楽を審査するなんて無粋だ』って声もあるらしいですけどね」

女も合わせているのか、文節に間を取った。

「僕の義理の甥っ子もギター小僧なんだけど……」

男はゆっくりと声のボリュームを落とした。

「この前、久しぶりに会ったら『家から配信なんてやりたくない！』って言ってて」

男はジンジャーエールを煽って続けた。

「生意気にユーチューバーだの、配信ライブだのを毛嫌いしていたよ」

「何かが当たり前になると、反発したくなるのかもしれないですね……」

「『ライブハウスで演《や》れるぐらいちゃんと練習しろ』って説教しといた」

男は楽しそうに目を細めて続けた。

「でも、若い頃っていうのは、とにかく人と群れて流れていく。カウンタースピリッツとか、パンクスとか、ルサンチマンとか、反骨精神とか、格好良い言葉を並べても、結局その源流は『群れ』

にある」

「配信者たちが多くなったからこそ『配信をやりたくない』って逆説を唱えてしまうっていうことですか？」

女はマッカランを口に付けて男を見た。

「うん。その通り。『自分は違う！』なんて思想に気持ちよくなっているだけなんだよ、若いやつらは。そしてそんな自分に酔っていて、その自意識の炎症にすら気付いていない」

男は残ったジンジャーエールを一気に空にした。黄金色が消えたグラスは濡れた窓のようだった。

「だけど……それって悪いことなんですか？」

女は男をまっすぐ見て言った。その目は、何かの信号を発していた。

「良いか悪いかは分からない」

言い淀んで、男は続けた。

「……でも彼らは『群れ』を作るけど、それは最初、しかも本当に短い間でしかない。抗うような日々が目減りして、擦り切れて、十年も経てば、お互い二度と会うことはない。それだけは確かで」

男の声は、ほんのわずかな震えを帯びていた。

「『NIRVANA以降』、『ハイスタ以降』、『ナンバガ以降』、『バンアパ以降』なんて言われていた卵たちも同じなんですかね……」

女はしんみりと笑った。

「卵たちかぁ。でも、孵卵場と言うよりは……」

「闘鶏場でした？」

「噛み付いて噛み付かれて、血を流しているやつばかりだった。そのほとんどが自爆だったけど」

男は畳まれた千円札をバーカウンターに置いた。

「マスター、ごちそうさま。なんか、今日はありがとう。面白かった」

「ありがとうございます……小生も面白かったですよ」

「うん。面白かった」

「とてもいいお話でした」

折り目のついた北里柴三郎がカウンターの上、空調の温風に揺れていた。

かつてこの店には、数えるのも面倒なほどの卵がいた。割れて流れた者たち、孵化して噛み合って死に絶えた者たち、生き残ったものの散り散りになっていった者たち。彼らの道は分かれ、『群れ』というものは跡形もなくなった。

店内に響く the band apart（naked）はいつの間にかソニー・ロリンズに変わっていた。

Impressions

「もうやめなよ」

俺が彼女だったらそう言っていただろう。

この本の主人公、そして筆者の平井さんもだけれど、まるでホセメンドーサ戦へ向かう矢吹丈みたいだ。


毎日毎日ブログを書いてそれを発信する平井さんをずっと見ていた。

毎日毎日毎日毎日。雨の日も晴れの日も、ライブの日さえも。

それはもう意志が強いを超えて狂気の沙汰だとすら思ってた。


ひたすらライブもキーボードも打ちまくっているその行動はまるで自分自身の人生を使った自損行為のように思えてしまった。


鬱になったというブログの内容よりも、毎日狂ったように書き続けるその行為が心配だった。

いつか本当に壊れて死んでしまわないだろうかと。

彼は廃人になったり、死んだりすることが恐ろしくないのか？
彼には悲しむ人間が一人もいないというのか??

でもそんな心配は杞憂で終わって、この本が出ると聞いて本当に嬉しかった。安心した。

そしてこの本を読んで平井さんの気持ちが少しだけわかった気がした。

きっと平井さんは打ち続けていたのだ。
ちゃんと燃え尽きたいのだ。そう、それこそあしたのジョーのように。

そしてあの毎日のブログたちはホセメンドーサ戦ではなく、刑務所編だったんだろう。

打つべし打つべし。キーボード打って言葉を相手に叩きつけるべし。
あしたのために。あしたを面白くするために。
この本のおかげで俺は今日が面白かったです。

打たなければ、食べなければ、当たるかどうかなんてわからない。
一発当たることを願って。

ふぐ、食べに行きましょう。

カザマタカフミ（3markets［］）

（注）ホセメンドーサ（世界チャンピオン。強い）
矢吹丈（「あしたのジョー」に出てくる髪の毛がスネオみたいな主人公）

著者プロフィール

平井 拓郎（ひらい たくろう）

1987年兵庫県神戸市生まれ。ロックバンドQOOLANDを結成し、ロッキング・オン主催コンテストRO69JACKにてグランプリ受賞。UNIVERSAL MUSIC JAPANでのメジャーデビューを経て解散。その後、ロックバンドjuJoeを結成し無料CDを一万枚配布。
1000日以上連続のnote投稿が話題となり、2021年に『さよなら、バンドアパート』として書籍化。

ブックデザイン／フクモト エミ

さよなら、バンドアパート

2021年7月15日　初版第1刷発行
2021年7月20日　初版第2刷発行

著　者　平井 拓郎
発行者　瓜谷 綱延
発行所　株式会社文芸社
〒160-0022　東京都新宿区新宿1－10－1
電話　03-5369-3060（代表）
03-5369-2299（販売）

印刷所　株式会社フクイン

ISBN978-4-286-22221-9　JASRAC 出2101759－102